U0010444

英文單字
3色記憶法

字首　字根　字尾

曾利娟◎著

晨星出版

目前中學、大學等入學考試，英文文法部分考得愈來愈少，單字量的多寡成為得分的關鍵。而背單字卻是學子的一大負擔，其實，有正確方法，大幅提升字彙量並非難事。首先，必須奠定看字讀音的基礎，為此我編寫了《圖像自然發音法》、《單字音律記憶術》作為背單字技巧的入門，再則如何再提升單字量，牢記單字意義，就是透過字根、字首、字尾的推演，可以讓單字量無窮的擴展。

本書中有一部份的字根、字首意義的聯想，是個人教學的創意。編輯內容是根據美國實際的生活經驗，及過去幾十年研究收集各類考試，如：TOEIC、大學學測（指考），全民英檢中級及中高級等，挑選收錄出現頻率極高的單字、片語及例句。

本書的教學原理是運用：

1. **色碼記憶法**：以顏色切開單字，紅、藍、綠三種顏色區分出字首、字根或字尾。顏色如同代碼，讓單字在記憶中形成區塊，牢記了字首、字根、字尾。

2. **圖像記憶法**：刺激左右腦合併運用，將圖像與文字互相轉換。因圖像在長期記憶中可以停留最久，本書中的圖並非一般的插畫，讀者可以藉由圖像加以連結思考，進而加深印象。

3. **溫故知新法**：用熟悉簡單的單字去聯想字根的解釋，而不死背字根的意義，因單單背誦字根的意義，對記憶來説，又是另一大負擔與考驗。

4. **趣味聯想法**：根據記憶的學習原理，愈有趣的東西，愈不容易忘記。本書利用圖像延伸、擬聲諧音進行有趣的聯想，能夠確實有效地幫助讀者記住單字。

5. **分割記憶法**：如同背電話號碼一般，記憶不是一氣呵成，切開反而會更容易記住，記單字更輕鬆。

6. **擬聲法**：利用單字中類似的發音推測其意義。

　　不鼓勵死背，而是傳授背誦單字的方法，這才是英文大幅進步的真正竅門，也是寫這本書的最終目的。希望此書對讀者學習英語、記憶單字能夠有所幫助，並期盼英文先進及讀者不吝指教。

如何收聽音檔？

1 手機收聽

1. 偶數頁（例如第 12 頁）的頁碼旁邊附有 **MP3 QR Code** ◀----
2. 用 APP 掃描就可立即收聽該跨頁（第 12 頁和第 13 頁）
   的真人朗讀，掃描第 14 頁的 QR 則可收聽第 14 頁和第 15
   頁……

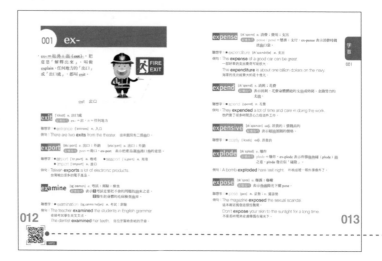

2 電腦收聽、下載

1. 手動輸入網址＋偶數頁頁碼即可收聽該跨頁音檔，按右鍵則
   可另存新檔下載
   http://epaper.morningstar.com.tw/mp3/0170012/audio/**012**.mp3
2. 如想收聽、下載不同跨頁的音檔，請修改網址後面的偶數頁
   頁碼即可，例如：
   http://epaper.morningstar.com.tw/mp3/0170012/audio/**014**.mp3
   http://epaper.morningstar.com.tw/mp3/0170012/audio/**016**.mp3
   依此類推……
3. 建議使用瀏覽器：Google Chrome、Firefox

讀者限定無料

內容說明

1. 全書音檔大補帖（001～125 單元音檔壓縮檔）
2. 附錄 1：單字拆解練習小冊（使用說明與範例詳見 290 頁）
3. 附錄 2：我的 3 色單字筆記本（使用說明與範例詳見 292 頁）

下載方法（建議使用電腦操作）

1. 尋找密碼：請翻到本書第 244 頁，找出第 1 個英文單字。
2. 進入網站：https://reurl.cc/v183ba
   （輸入時請注意大小寫）
3. 填寫表單：依照指示填寫基本資料與下載密碼。
   E-mail 請務必正確填寫，萬一連結失效才能寄發資料給您！
4. 一鍵下載：送出表單後點選連結網址，即可下載。

CONTENTS

目次

字
根

字尾

附錄

字首

001 ex-

ex- =往外；出（out），把意思「解釋出來」，叫做 explain。任何地方的「出口」或「出口處」，都叫 exit。

exit　出口

exit
['ɛksɪt] *n.* 出口處
記憶技巧 ex- =出，it =任何地方

聯想字：■ entrance ['ɛntrəns] *n.* 入口

例句：There are two **exits** from the theater.　這家戲院有二個出口。

export
[ɪks'pɔrt] *v.* 出口；外銷　　[eks'pɔrt] *n.* 出口；外銷
記憶技巧 port =港口，ex-port　表示把產品運出港口外的意思。

聯想字：■ airport ['ɛr,pɔrt] *n.* 機場　　■ seaport ['si,pɔrt] *n.* 海港
　　　　■ import ['ɪmpɔrt] *n.* 進口

例句：Taiwan **exports** a lot of electronic products.
　　　台灣輸出很多的電子產品。

examine
[ɪg'zæmɪn] *v.* 考試；測驗；檢查
記憶技巧 表示 1 考試是要把不會的問題找出來之意。
　　　　　 2 醫生把身體的毛病檢查出來。

聯想字：■ examination [ɪg,zæmə'neʃən] *n.* 考試；測驗

例句：The teacher **examined** the students in English grammar.
　　　老師考試學生英文文法。
　　　The dentist **examined** her teeth.　這位牙醫檢查她的牙齒。

MP3

expense

[ɪk`spɛns] *n.* 消費；費用；支出

記憶技巧 pense / pend ＝懸掛；支付，ex-pense 表示消費時錢流出口袋。

聯想字：■ expenditure [ɪk`spɛndɪtʃə] *n.* 支出

例句：The **expense** of a good car can be great.
一部好車的支出費用可能很大。

The **expenditure** is about one billion dollars on the navy.
海軍的支出經費大約是十億元。

expend

[ɪk`spɛnd] *v.* 消耗；花費

記憶技巧 表示消耗、花費身體體能的支出或時間、金錢勞力的支出。

聯想字：■ spend [spɛnd] *v.* 花費

例句：They **expended** a lot of time and care in doing the work.
他們費了很多時間及心力做這件工作。

expensive

[ɪk`spɛnsɪv] *adj.* 昂貴的；價錢高的

記憶技巧 表示超出預期的價格。

聯想字：■ costly [`kɔstlɪ] *adj.* 昂貴的

explode

[ɪk`splod] *v.* 爆炸

記憶技巧 plode ＝爆炸，ex-plode 表示炸彈往外碰（plode）出之意，plode 發音似「碰隆」。

例句：A bomb **exploded** here last night. 昨晚這裡一顆炸彈爆炸了。

expose

[ɪk`spoz] *v.* 曝露；曝曬

記憶技巧 表示外出陽光下擺 pose。

聯想字：■ pose [poz] *n.* 姿勢；*v.* 擺姿勢

例句：The magazine **exposed** the sexual scandal.
這本雜誌揭發這個性醜聞。

Don't **expose** your skin to the sunlight for a long time.
不要長時間將皮膚曝露在陽光下。

exclude

[ɪk`sklud] *v.* 排除

記憶技巧 表示**排除**某些人、事、物的意思。

聯想字：■ include [ɪn`klud] *v.* 包含

例句：The club **excludes** John from membership.
　　　這家俱樂部拒絕 John 加入會員。

exclusive

[ɪk`sklusɪv] *adj.* 排外的；除外的；獨家的

記憶技巧 表示**排除**他人，成為獨家的（exclusive），新聞界常自我標榜擁有 exclusive news（獨家新聞）。

聯想字：■ inclusive [ɪn`klusɪv] *adj.* 包含的；包括的

例句：The **exclusive** club only accepts celebrities.
　　　這家入會嚴格的俱樂部只接受政商名流。

excel

[ɪk`sɛl] *v.* 勝於；擅長於

記憶技巧 表示**超越**其他，超出他人之意。

片語：A excel in...　A 擅長於……方面
　　　A excel B in...　A 勝於 B……方面

例句：Mary **excels** in mathematics.　瑪麗擅長數學。
　　　She **excels** others in English.　他在英文方面勝於其他人。

excellent

[`ɛksḷənt] *adj.* 優秀的；極好的

記憶技巧 -ent ＝形容詞字尾，ex-cell-ent　表示仍是**超出** good（好）的意思。

聯想字：■ good [gʊd] *adj.* 好的

except

[ɪk`sɛpt] *prep.* 除……之外

記憶技巧 表示**排除**於外。

聯想字：■ besides [bɪ`saɪd] *prep.* 除……之外；還有

例句：We go to school every day **except** Sunday.
　　　除了星期天之外，我們都要上學。

MP3

exhibit

[ɪg`zɪbɪt] *v.* 展覽；展出　*n.* 陳列品

記憶技巧 表示拿出作品給人看。

聯想字：■ display　[dɪ`sple]　*v.* 展現；展出

例句：The art museum **exhibits** a great number of oil paintings.
這家美術博物館展列很多的油畫。
The graduate's work is the most interesting **exhibit**.
這個畢業生的作品是最有趣的一項展覽品。

exhaust

[ɪg`zɔst] *v.* 耗盡　*n.* 廢氣

記憶技巧 表示人的精力、元氣都出去了；汽車排出的廢氣。

聯想字：■ exhausting　[ɪg`zɔstɪŋ]　*adj.* 使精疲力竭的

exhausted

[ɪg`zɔstɪd] *adj.* 疲憊的；精疲力盡的

記憶技巧 tired ＝累的，但 ex-haust-ed　是超出的累（用來修飾人）。

聯想字：■ tired　[taɪrd]　*adj.* 感到疲倦的

exercise

[`ɛksə‚saɪz] *v.* 鍛鍊　*n.* 運動（exercise ＝ workout）；練習題

記憶技巧 表示身體往外伸展做運動之意。

片語：do ／ get ／ take exercise　做運動；do the exercise　做練習（演練出來）

execute

[`ɛksɪ‚kjut] *v.* 執行；實行

記憶技巧 表示做出來，執行出來。

聯想字：■ executive　[ɪg`zɛkjʊtɪv]　*n.* 行政官　*adj.* 執行的

片語：C.E.O Chief Executive Officer 高級主管；Executive Yuan 行政院

例句：He has **executed** his plan.
他已實現了他的計畫。

example

[ɪg`zæmp!] *n.* 例子；實例

記憶技巧 sample ＝樣本，ex-ample　表示拿出個樣本為例之意。

excursion

[ɪk`skɝʒən] *n.* 出遊；短期的

記憶技巧 cur／curs ＝ run，跑；ex-curs-ion 表示出遊的意思。

聯想字：■trip [trɪp] *n.* 旅遊　　■travel [`trævl] *v. n.* 旅遊；往來

例句：We'll go on an **excursion** tomorrow.
　　　明天我們將要去遠足。

exotic

[ɛg`zɑtɪk] *adj.* 異國的；外來的

記憶技巧 表示出去本國之外的、外國的。

聯想字：■foreign [`fɔrɪn] *adj.* 外國的

expand

[ɪk`spænd] *v.* 擴張；擴充；伸展

記憶技巧 表示往外擴充、往外伸展。

聯想字：■expend [ɪk`spɛnd] *v.* 支出；消耗

例句：The eagle **expanded** its wings and flew high.
　　　這隻老鷹展開翅膀高飛。
　　　He is **expanding** his business to mainland China.
　　　他正擴展他的事業至中國大陸。

explain

[ɪk`splen] *v.* 解釋

記憶技巧 plain ＝樸實的、素面的；
　　　　 ex-plain　表示清楚的，平鋪直述地說出來。

聯想字：■complain [kəm`plen] *v.* 抱怨

例句：Teacher Melody **explained** the meaning of the word.
　　　美樂蒂老師解釋這個字的意義。

experience

[ɪk`spɪrɪəns] *v.* 體驗　*n.* 經驗

記憶技巧 peri ＝經歷；企圖；嘗試，-ence ＝名詞字尾

例句：He is a man of rich **experience**.
　　　他是個經驗豐富的人。
　　　He **experienced** great hardships.
　　　他經歷了極大的苦難。

MP3

experiment

[ɪk`spɛrəmənt] *n.* 實驗

記憶技巧 -ment ＝名詞字尾，ex-per-ment 表示把理化、科學……等程式，在實驗室做出來的意思。

例句：They make (conduct ∕ do ∕ carry out) **experiment** on animals.
They experiment on animals.
他們在動物身上做實驗。

express

[ɪk`sprɛs] *v.* 表達

記憶技巧 press ＝壓，ex-press 表示把心裡的感受壓出來。

聯想字：■ press [prɛs] *v.* 壓　　■ pressure [`prɛʃə] *n.* 壓力

例句：I can't **express** myself in English.
我不會用英文來表達自己。

extinguish

[ɪk`stɪŋgwɪʃ] *v.* 使滅息

記憶技巧 -ish ＝動詞字尾；
ex-tingu-ish 意思等於 put out 將火弄出去。

片語：**extinguish** the fire ＝ put out the fire　滅火

聯想字：■ distinguish [dɪ`stɪŋgwɪʃ] *v.* 分辨
■ extinguisher [ɪk`stɪŋgwɪʃə] *n.* 滅火器

exterior

[ɪk`stɪrɪə] *adj.* 外部的　*n.* 外部；外表

記憶技巧 -ior ＝形容詞字尾

片語：**exterior** medicine　外用藥

聯想字：■ interior [ɪn`tɪrɪə] *adj.* 內部的
■ interior design [ɪn`tɪrɪə dɪ`zaɪn]　室內設計
■ territory [`tɛrə,torɪ] *n.* 領土；版圖

external

[ɪk`stɜnəl] *adj.* 外用的；外界的

記憶技巧 ter ∕ terr- ＝土地

片語：**external** medicine　外用藥品

聯想字：■ internal [ɪn`tɜnl] *adj.* 內部的

extreme

[ɪk`strim] *n.* 極端的事物　*adj.* 極度的；非常的

記憶技巧 表示超出某一限度之意。

聯想字：■ extremely [ɪk`strimlɪ] *adv.* 極度地、非常地，extremely = very

extra

[`ɛkstrə] *adj.* 額外的；多出的

記憶技巧 聯想：extra 這牌子的口香糖標榜有額外多出的功能——保護牙齒。

例句：You will be given **extra** pay if you finish all the work within 10 days.
如果你在 10 天內完成任務，你將有額外的報酬。

extend

[ɪk`stɛnd] *v.* 延長；延伸；擴大

記憶技巧 tend ＝伸展，ex-tend　表示往外伸展、往外走。

聯想字：■ extension [ɪk`stɛnʃən] *n.* 伸展　■ intend [ɪn`tɛnd] *v.* 想要打算

片語：extension number　分機號碼

例句：They will **extend** their business overseas.
他們將擴大事業至海外。

MP3

002 in- ／ im-

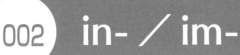

in- ／ im- ＝內；入

1 有時表示「否定」之意，此處不探討，請參考第 25 頁。

2 表示「內；入」或「否定」。但其後若緊接的是 b ／ m ／ p（雙唇音），則一定是 im，因 im 的 m 也是雙唇音。

inside
裡面

indoor
室內的

---

in [ɪn] *prep.* 在……之中；在……裡面
記憶技巧 in- ＝裡頭；內；入

片語：Come in. 進來裡面
聯想字：■ expend [ɪk`spɛnd] *v.* 支出；消耗

invite [ɪn`vaɪt] *v.* 邀請
記憶技巧 表示邀請人進來裡面。

聯想字：■ invent [ɪn`vɛnt] *v.* 發明
例句：I am **invited** to dinner.
我被邀請共用晚餐。

inward [`ɪnwəd] *adj.* 向內的　*adv.* 向內地
記憶技巧 -ward ＝朝向……的

聯想字：■ outward [`aʊtwəd] *adj.* *adv.* 向外的

Indoor／indoors [`ɪn,dor] *adj.* 室內的　[`ɪn`dorz] *adv.* 室內地
記憶技巧 door ＝門，
in-door　表示在門裡頭。

聯想字：■ outdoor [`aʊt,dor] *adj.* 室外的　■ outdoors [`aʊt`dorz] *adv.* 室外地

inside

[`ɪn`saɪd] *adj.* 裡頭的　　*adv.* 裡頭地　　*n.* 裡頭

記憶技巧 side ＝邊，in-side　表示裡頭那一邊。

聯想字：■ side　[saɪd]　*n.* 邊
　　　　■ outside　[`aʊt`saɪd]　*adj.* 外邊的　　*adv.* 外邊地　　*n.* 外邊

involve

[ɪn`vɑlv] *v.* 涉及；牽涉

記憶技巧 volve ＝滾動、旋轉，

in-volve　表示滾入裡頭，有牽涉的意思。

聯想字：■ revolve　[rɪ`vɑlv]　*v.* 周轉（地球）；旋轉；周而復始

例句：Don't **involve** me in your personal trouble.
　　　不要把我牽涉進去你私人的問題。
　　　House keeping **involves** cleaning, cooking, doing laundry and so forth.
　　　管理家務牽涉打掃、煮飯、洗衣等等。

inhale

[ɪn`hel] *v.* 吸入

記憶技巧 hale 發音似中文的「嘿」，像「呼吸」的聲音。

片語：take a deep inhale ＝ take a deep breath　深呼吸
聯想字：■ exhale　[ɛks`hel]　*v.* 呼出

inspect

[ɪn`spɛkt] *v.* 檢查

記憶技巧 spect ＝觀看，in-spect　表示看到裡頭去，仔細去觀看。

聯想字：■ aspect　[`æspɛkt]　*n.* 外觀；方面；外貌觀點

例句：The customs officials **inspected** the passenger's luggage.
　　　海關人員檢查旅客的行李。

infuse

[ɪn`fjuz] *v.* 灌輸

記憶技巧 fuse ＝融合，in-fuse　為融入在腦子裡頭之意。

片語：imbue 人 with 事物 ＝ infuse 人 with 事物
聯想字：■ confuse　[kən`fjuz]　*v.* 使困惑　　■ fuse [fjuz]　*n.* 保險絲　*v.* 熔合、融合。補充：保險絲在電力過大時會「熔化」，自動切斷電源以避免火災。

例句：He **infused** ／ **imbued** his children with faith, hope and love.
　　　他給自己的孩子灌輸信、望、愛的信念。

MP3

internal

[ɪnˋtɝn!] *adj.* 內部的；內用的

(記憶技巧) -al ＝形容詞字尾

聯想字：■ internal injury 內傷　　■ external [ɪkˋstɝnəl] *adj.* 外部的；外用的

include/including

[ɪnˋklud] *v.* 包含　*prep.* 包含

(記憶技巧) clude ＝關閉；-ing ＝現在分詞或動名詞字尾，但 inciudeing 是介詞，in-clude 表示包含（算）在裡頭。

聯想字：■ exclude [ɪkˋsklud] *v.* 排除
　　　　■ excluding [ɪkˋskludɪŋ] *prep.* 不包括；排除

例句：The price **includes** both board and lodging.
　　　這個價格包含膳宿。
　　　There are five people **including** me.
　　　包括我，共有 5 個人。

increase

[ɪnˋkris] *v.* 增加

(記憶技巧) crease ＝褶層，
　　　　　in-crease　表示數字、數量加進來裡頭。

聯想字：■ decrease [dɪˋkris] *v.* 減少

例句：The number of the tourists has been **increasing**.
　　　觀光客的人數（總數）一直在增加。

insure

[ɪnˋʃʊr] *v.* 投保

(記憶技巧) sure　*adj.* 確定的、確信的，
　　　　　in-sure　表示裡頭有所確認。

聯想字：■ sure [ʃʊr] *adj.* 確定的；確信的　　■ assure [əˋʃʊr] *v.* 確信

insurance

[ɪnˋʃʊrəns] *n.* 保險

(記憶技巧) 表示保險裡頭有「確定的（sure）」的契約之意。

片語：take out insurance　投保

例句：We have **insured** the house against fire. ＝ We have taken out
　　　fire **insurance** on the house.
　　　我們已將房子投保了火險。

insert [ɪnˋsɝt] *v.* 插入

片語：insert sth. into...　把某物插入……

例句：Please **insert** your card into the slot.
　　　請將你的卡片插入槽孔裡。

inspire [ɪnˋspaɪr] *v.* 鼓勵；鼓舞
記憶技巧 在心裡頭之意，spire 發音似「死拍」（澎湃）。

例句：My parents **inspire** us to work hard.
　　　我的父母親激勵我們努力用功。

invade [ɪnˋved] *v.* 入侵；湧入
記憶技巧 侵犯到裡頭之意。

聯想字：■ invasion [ɪnˋveʒən] *n.* 入侵；侵略

例句：The enemy **invaded** our country.
　　　敵人入侵了我們的國家。

instruct [ɪnˋstrʌkt] *v.* 教導；指令
記憶技巧 把東西灌到腦子裡頭。

聯想字：■ structure [ˋstrʌktʃə] *n.* 結構

例句：He **instructed** me to type the letter as soon as possible.
　　　他指示我盡快去打這封信。
　　　I **instruct** her in French.
　　　我教導她法文。

instruction [ɪnˋstrʌkʃən] *n.* 指令
記憶技巧 -ion ＝名詞字尾，in-stuct-ion　表示給一個指令到電腦裡頭去執行。

片語：instruction manual　說明書、操作手冊

例句：He gave the computer **instructions** to do the work.
　　　他給電腦下指令執行工作。

MP3

inject
[ɪn`dʒɛkt] *v.* 注射；注入

記憶技巧 -ject- =關於噴「射」，in-ject　為把藥注射到血管裡頭。

聯想字：■ jet [dʒɛt] *v.* 噴射；射出　　*n.* 噴射；噴射機

例句：He was **injected** a drug.
　　　他被注射了藥物。

injection
[ɪn`dʒɛkʃən] *n.* 打針；注入；灌腸

片語：give ／ make an injection　打針、注射

ingredient
[ɪn`gridɪənt] *n.* 材料；原料

記憶技巧 為裡面所包含的成分。

例句：What are the **ingredients** of the soup?
　　　這湯有哪些材料（成份）？

inflate
[ɪn`flet] *v.* 使膨脹；使物價上漲

記憶技巧 有灌入空氣的意思，為價錢加到裡頭之意。

聯想字：■ inflation [ɪn`fleʃən] *n.* 通貨膨脹

例句：The **inflated** balloons may fly away.
　　　這些灌了空氣的氣球可能會飛走。

inflame
[ɪn`flem] *v.* 紅腫；發炎；煽動

記憶技巧 為裡頭有火（當傷口發炎時，裡頭像火在燒）之意。

聯想字：■ flame [flem] *n.* 火焰；怒火

例句：The speech **inflamed** popular feeling.
　　　這場演講激動了群眾的情緒。

inflamed
[ɪn`flemd] *adj.* 發炎的；煽動的

記憶技巧 ■過去分詞當形容詞，身體的某部份紅腫、發炎。
　　　　　 flame *n.* 火焰；火舌　*v.* 燃燒

片語：inflamed eye　紅腫的眼

indulge

[ɪnˋdʌldʒ] *v.* 沉溺

片語：人 be indulged in 事物
　　　＝ 人 be addicted to 事物
　　　＝ 沉溺於……裡頭。

聯想字：■ indulgent [ɪnˋdʌldʒənt] *adj.* 縱容的；放縱的；溺愛的
　　　　■ indulgence [ɪnˋdʌldʒəns] *n.* 沉溺；放縱

例句：He is **indulged** in smoking = He is addicated to smoking.
　　　他吸煙無度。

import

[ɪmˋport] *v.* 進口；進入　　　[ˋɪmport] *n.* 進口；進入
記憶技巧 port ＝港口，im-port　表示進入港口裡頭。

聯想字：■ seaport [ˋsi,port] *n.* 海港；海口　　■ airport [ˋɛr,port] *n.* 機場
　　　　■ export [ɪksˋport] *v.* 出口

例句：America **imports** silk products from China.
　　　美國從大陸進口絲質產品。
　　　We should reduce our reliance on imports.
　　　我們應該減低對進口的依賴。

impress

[ɪmˋprɛs] *v.* 使用印象；使銘記；深刻
記憶技巧 press ＝壓，im-press　表示為壓在心裡頭。

片語：impress A on B　把 A 印在 B 上
　　　be impressed with　對……留下深刻印象

聯想字：■ press [prɛs] *v.* 壓　　■ pressure [ˋprɛʃə] *n.* 壓力
　　　　■ express [ɪkˋsprɛs] 表達

例句：He **pressed** a seal on the wax.　他在封蠟上蓋上印章。
　　　I was deeply **impressed** with the sight.
　　　那情景在我心中留下深刻的印象。

impression

[ɪmˋprɛʃən] *n.* 印象

片語：make／leave／have an impression on 人　留下印象給某人

例句：His speech made／left／had a strong **impression** on the
　　　audience.　他的演說給聽眾一個深刻的印象。

MP3

003 in- ／ im-

in- ／ im- ＝否定

1 有時表示「裡面；入」之意，此處不探討，請參考第 19 頁。

2 基本上 in ／ im 是相同的，為了唸起來較順，其後若緊接的是 b ／ m ／ p（雙唇音），為 im。

impossible

[ɪm`pɑsəb!] *adj.* 不可能（做的）的

記憶技巧 possible ＝可能的，im-possible 表示不可能。

片語：mission impossible 不可能的任務

聯想字：■ possible [`pɑsəb!] *adj.* 可能的　　■ possibly [`pɑsəblɪ] *adv.* 可能地

例句：It is **impossible** for us to tell what will happen in the future.
我們不可能知道未來將發生什麼事。

impair

[ɪm`pɛr] *adj.* 損害；傷害

記憶技巧 pair ＝一對；雙，im-pair 表示損害它以至於不能成雙。

聯想字：■ pair [pɛr] *n.* 一對；雙

例句：Over work **impaired** his health.　操勞過度損害了他的健康。

improper

[ɪm`prɑpɚ] *adj.* 不妥的；不適當的

聯想字：proper [`prɑpɚ] *adj.* 適當的

例句：Wearing shorts at a wedding ceremony is **improper**.　婚禮中穿短褲不適宜。

impolite

[ˌɪmpə`laɪt] *adj.* 不禮貌的

記憶技巧 im-polite ＝ rute

聯想字：■ polite [pə`laɪt] *adj.* 禮貌的

例句：Calling parents' last names is **impolite** for Chinese tradition.
直稱父母親的名字，就中國傳統而言是不禮貌的。

impatient

[ɪm`peʃənt] *adj.* 性急的；急躁的

記憶技巧 patient ＝有耐性的，
im-patient 為不耐煩的意思。

聯想字：■ patient [`peʃənt] *adj.* 有耐性的 *n.* 病人

例句：A good teacher should not be **impatient** with slow leaners.
一個好老師不應該對學得慢的人不耐煩。

immoral

[ɪ`mɔrəl] *adj.* 不道德

記憶技巧 moral ＝道德的，im-moral 男生摸女生的肉（moral
發音類似「摸肉」），「硬摸肉」是不道德的。

聯想字：■ moral [`mɔrəl] *adj.* 道德的

例句：The scandal exposed his **immoral** conduct to public.
這醜聞使他不道德的行為暴露於大眾。

immortal

[ɪ`mɔrt!] *adj.* 不死的；不朽的

記憶技巧 mort ＝死亡；mortal ＝死的，發音似「摸土」，
im-mort-al 表示人死後都要摸土之意。（會死的）

例句：Man is mortal；art is **immortal**. 人會死；然而藝術卻是不朽的。

immediate

[ɪ`midɪɪt] *adj.* 立即的；即刻的

記憶技巧 mediate ＝斡旋、調解，im-mediate 表示中間
沒有調解者，速度就會很快。

聯想字：■ mediate [`midɪ,et] *v.* 斡旋；調解 *adj.* 居間的
■ medium [`midɪəm] *n.* 中間；媒介 *adj.* 中庸的；中等的

片語：mediate between A and B 斡旋於 A 和 B 之間

例句：Please take **immediate** action. 請立即行動。
The U.S.A mediated between Israel and Palestine.
美國在以色列和巴勒斯坦之間調解。

immediately

[ɪ`midɪɪtlɪ] *adj.* 立即的

片語：immediately ＝ at once ＝ in no time ＝ instantly
＝ right now ＝ right away ／ off

MP3

聯想字：■ medieval [ˌmɪdɪ`ivəl] *adj.* 中世紀的

例句：You should see a doctor **immediately**.
你應該立即去看醫生。

imbalance [ɪm`bæləns] *n.* 不平衡；不平均

聯想字：■ balance [`bæləns] *n.* 平衡；平均

例句：**Imbalanced** diet causes illness.　不均衡的飲食帶來疾病。

imbalanced [ɪm`bælənst] *adj.* 不平衡的；不平均的

片語：balanced diet　均衡的飲食

inconvenient [ˌɪnkən`vinjənt] *adj.* 不方便的

記憶技巧　conven 表「聚集」，convenient *adj.* 方便的

聯想字：■ convenient [kən`vinjənt] *adj.* 方便的
　　　　 ■ convenient store 便利超商
　　　　 ■ convenience [kən`vinjəns] *n.* 方便

例句：Midnight is an **inconvenient** time to visit a friend.
深夜是訪友不方便的時間。

in-correct [ˌɪnkə`rɛkt] *adj.* 不正確的；錯誤的

聯想字：■ correct [kə`rɛkt] *adj.* 正確的；對的　*v.* 改正；修正

incapable [ɪn`kepəbl] *adj.* 不能的

聯想字：■ capable [`kepəbl] *adj.* 有……的能力
　　　　 ■ unable [ʌn`ebl] *adj.* 不能的

片語：be able to V = be capalbe of Ving　能……
　　　be unable to V = be incapable of Ving　不能……

例句：He is **unable** to swim. = He is **incapable** of swimming.
他不會游泳。

incredible

[ɪnˈkrɛdəb!] *adj.* 不可信的；無法相信的

記憶技巧 cred ＝相信，in-cred-ible 表示「不可信的」。

聯想字：■ credible [ˈkrɛdəb!] *adj.* 可信的

　　　　■ credit [ˈkrɛdɪt] *n.* 信託；信譽；信用

片語：credit card 信用卡；No credit　謝絕賒帳

例句：The pastor's **incredible** love touches everyone.
　　　這位牧師難以置信的愛心（無法想像的愛心）感動眾人。
　　　＊ **incredibly** ＝ very　*adv.* 非常地
　　　She is **incredibly** beautiful.　她非常漂亮。（驚為天人）

indirect

[ˌɪndəˈrɛkt] *adj.* 迂迴的；間接的；委婉的

聯想字：■ direct [dəˈrɛkt] *v.* 指導　*adj.* 直接的；直率的

indirectly

[ˌɪndəˈrɛktlɪ] *adj.* 間接地

聯想字：■ directly [dəˈrɛktlɪ] *adv.* 直接地

例句：She didn't say "no" but refused me **indirectly**.
　　　她沒說「不」，但間接地拒絕了我。

informal

[ɪnˈfɔrm!] *adj.* 非正式的；不拘禮節的

聯想字：■ formal [ˈfɔrm!] *adj.* 正式的　　■ form [fɔrm] *n.* 表格；形式；形狀

　　　　■ inform [ɪnˈfɔrm] *v.* 通知

例句：It is an **informal** party; therefore, you can wear a T-shirt.
　　　這是非正式的聚會，所以你可以穿 T 恤。

inequality

[ˌɪnɪˈkwɑlətɪ] *n.* 不平等之事；不同

記憶技巧 -ity ＝名詞字尾

聯想字：■ equality [iˈkwɑlətɪ] *n.* 相等；平等

　　　　■ equal [ˈikwəl] *adj.* 相等的　*v.* 等於

片語：be equal to... ＝ equal...　等於……

例句：**Inequalities** in wealth bring about social problems.
　　　貧富不均帶來社會問題。

MP3

indifferent

[ɪnˋdɪfərənt] *adj.* 冷淡的；漠不關心的

(記憶技巧) -ent ＝形容詞字尾，different ＝不同的，
in-differ-ent 表示對人、事、物沒有什麼特別
不同→表示漠不關心的意思。

聯想字：■ differ [ˋdɪfə] *v.* 不同；相異
　　　　■ difference [ˋdɪfərəns] *n.* 不同；相異
　　　　■ different [ˋdɪfərənt] *adj.* 不同的

片語：A be different from B ＝ A differ from B　A 異於 B

例句：He is **indifferent** to money and frame.
　　　他淡泊名利。（他對名利很冷淡）

independent

[͵ɪndɪˋpɛndənt] *adj.* 獨立的；自立的

(記憶技巧) dependent ＝依賴的，in-depend-ent 表不
依賴，為獨立、自主的。

片語：be independent of　從……獨立

聯想字：■ depend [dɪˋpɛnd] *v.* 依賴；依靠
　　　　■ dependent [dɪˋpɛndənt] *adj.* 依賴的
　　　　■ dependence [dɪˋpɛndəns] *n.* 依賴；依靠
　　　　■ Independence Day　獨立紀念日

例句：A grown-up should be **independent** of his parents.
　　　一個成人應不依賴雙親生活。
　　　America became **independent** of Britain in 1776.
　　　美國在 1776 年獨立於英國。

inevitable

[ɪnˋɛvətəb!] *adj.* 不能避免的

(記憶技巧) evit ＝避免，-able ＝可能的，
in-evit-able 表示不可避免。

聯想字：■ inevitably [ɪnˋɛvətəblɪ] *adj.* 不能避免地
　　　　■ evitable [ˋɛvətəb!] *adj.* 可避免的

例句：Death is **inevitable**.
　　　死亡是無法避免的。
　　　Inevitably, immigrants follow the local customs once they settle
　　　down in the new country.
　　　一旦移民者安身於新的國家，他們無法避免地遵守了當地的風俗習慣。

004 un-

un- = 不；無；沒；相反的動作

unbelievable 不相信

unable [ʌnˋebl̩] *adj.* 不能的

肯定：able [ˋebl̩] *adj.* 能的

片語：be able to V = be capable of Ving 能……
be unable to V = be incapable of Ving 不能……

例句：He is **unable** to speak. = He is **incapable** of speaking.
他不能説話。（他無法説話）

unsafe [ʌnˋsef] *adj.* 不安全的

肯定：■safe [sef] *adj.* 安全的

片語：Safety is first 安全第一；safe and sound 安然無恙的

例句：Driving fast is **unsafe**.
開快車是不安全的。

unwrap [ʌnˋræp] *v.* 解開（包裹、禮物等的包裝）

肯定：■wrap [ræp] *v.* 包；裹；包裝

片語：under wraps 保密之下，大家都不知情地

例句：She **unwrapped** the package carefully. 她小心翼翼地解開包裹。
The store offers to **wrap** the gifts at Chrismas.
聖誕節時，這家商店為人提供包裝禮物。

MP3

un-conscious

[ʌn`kɑnʃəs] *adj.* 無意識的；失去意識的；不省人事的

記憶技巧 sci ＝知道，-ous ＝形容詞字尾，
un-con-sci-ous 表示無意識。

肯定：■ conscious [`kɑnʃəs] *adj.* 有意識的；能察覺的

片語：be consciuos of... / be aware of... 知道……
be unconscious of... / be unaware of... 不知道……

聯想字：conscience [`kɑnʃəns] *n.* 良心；天良，-ence ＝名詞字尾

例句：He was hit by car and **unconscious** for an hour.
他被撞到，然後失去知覺一個小時。
They were so quiet that Mary was **unconscious** of（＝ unaware
of）their presence.
他們如此安靜以致於瑪麗不知道他們在場。

unjust

[ʌn`dʒʌst] *adj.* 不法的；不當的；不公平的

肯定：■ just [dʒʌst] *adj.* 公正的；正直的

聯想字：■ justice [`dʒʌstɪs] *n.* 正義；公道

例句：He is a just man.
他是個公正的人。
The sentence is grossly **unjust**.
這個判決嚴重不公。

unbelievable

[ˌʌnbɪ`livəb!] *adj.* 不可信的；無法相信的＝ incredible

肯定：■ believable [bɪ`livəb!] *adj.* 可信的　　■ credible [`krɛdəb!] *adj.* 可信的

聯想字：■ believe [bɪ`liv] *v.* 相信

諺語：To see is to believe ＝ Seeing is believing.
眼見為真，百聞不如一見。

例句：He was awarded the Nobel Prize for his **unbelievable** achievement
in science.
他因科學方面的驚人成就，而被頒予諾貝爾獎。

unlucky [ʌnˋlʌkɪ] *adj.* 運氣不好的

肯定：■lucky [ˋlʌkɪ] *adj.* 幸運的
聯想字：■luck [lʌk] *n.* 運動；機運　■Good luck! 祝你好運！

unknown [ʌnˋnon] *adj.* 未佑的

肯定：■known [non] *adj.* 已知的；熟知的
聯想字：■know [no] *v.* 知道　■knowledge [ˋnɑlɪdʒ] *n.* 知識
諺語：Knowledge is power. 知識就是力量．
片語：■be known to 人　為⋯⋯某人所知
　　　（例句）He is **well-known to** the public. 他為大眾所熟知。
　　　■be known by 事　因⋯⋯某事而被人所了解
　　　（例句）A tree is **known by** its fruit. 樹可由其果實辨認。
　　　■be known as 身分／地位　以某種身分知名
　　　（例句）He is **known as** a singer. 他以一名歌手身分而出名。
　　　■be known for 事　以某事物聞名
　　　（例句）He is **known for** his magnetic voice.
　　　　　　　他以他磁性的聲音而著名。
例句：Whether he will come here or not is **unknown**.
　　　他是否將會來這裡是未知的。

unwilling [ʌnˋwɪlɪŋ] *adj.* 不願的

肯定：■willing [ˋwɪlɪŋ] *adj.* 願意的
片語：be **unwilling** to V. = be reluctant to V. 不願意
聯想字：■will [wɪl] *n.* 意志力　■be willing to V 願意⋯⋯

unfortunate -ly [ʌnˋfɔrtʃənɪtlɪ] *adv.* 不幸的

記憶技巧 -ate ＝形容詞字尾，-ly ＝副詞字尾

肯定：■fortunately [ˋfɔrtʃənɪtlɪ] *adv.* 幸運的
聯想字：■misfortune [mɪsˋfɔrtʃən] *n.* 不幸；惡運

MP3

unlike

[ʌnˋlaɪk] *prep.* 不像的

肯定：■ like [laɪk] *prep.* 相像的

片語：A is like B = A look like B
　　　 = A resemble B = A take after B　A 像 B

例句：She is **like** her mother.　她像她的母親。
　　　 = She **looks like** her mother.
　　　 = She **resembles** her mother.
　　　 = She **takes after** her mother.
　　　 She is **unlike** her mother.　她不像她的母親。
　　　 = She doesn't **look like** her mother.
　　　 = She doesn't **resemble** her mother.
　　　 = She doesn't **take after** her mother.

unlikely

[ʌnˋlaɪklɪ] *adj.* 不可能的

肯定：■ likely [ˋlaɪklɪ] *adj.* 可能的

片語：be likely to V　可能會……

unusual

[ʌnˋjuʒʊəl] *adj.* 不尋常的；異常的；稀罕的

肯定：■ usual [ˋjuʒʊəl] *adj.* 尋常的；平常的

片語：as usual　照常；照例

例句：He went to his office around 9 o'clock as **usual**.
　　　 他照例地在 9 點鐘左右去辦公室。

uncountable

[ʌnˋkaʊntəbl̩] *adj.* 不可數的

記憶技巧 -able ＝可……的

肯定：■ countable [ˋkaʊntəbl̩] *adj.* 可數的

片語：uncountable noun　不可數名詞

unload [ʌn`lod] v. 卸下（車、船等）之貨

肯定：■load [lod] v. 負載裝貨於……

聯想字：download [`daʊn,lod] v. 下載

例句：The workers are **unloading** the ship.
工人們正卸下船上之物品。
The docker is to **load** the ship with the goods.
碼頭工人將把貨物裝上船。
Some websites don't allow anyone to **download** their webpages.
有些網站不許可任何人去下載他們的網頁。

unzip [ʌn`zɪp] v. 將拉鍊拉開

肯定：■zip [zɪp] v. 用拉鍊扣緊

聯想字：■zipper [`zɪpə] n. 拉鍊　　■zip code　郵遞區號，拉鍊發明乃是取代
釦子，可以加速度；有了郵遞區號，可以像拉鍊一樣，加速郵政遞送的服務。

例句：I did not know when my skirt became **unzipped**.
我不知道我裙子的拉鍊何時被拉開了。
Zip up your jacket when you ride on a scooter.
騎摩托車時，把你的夾克的拉鍊拉上。

unfold [ʌn`fold] v. 展開

肯定：fold [fold] v. 摺疊

聯想字：■fold ……倍的　　■two-fold 二倍的　　■three-fold 三倍的

例句：He **unfolded** the map and looked for the location.
他展開地圖尋找其地點位置。

untie [ʌn`taɪ] v. 綁；紮

片語：tie up　繫緊；包緊；使纏繞
人 be tied up　人忙於某事而無空閒

例句：The rider **untied** the horse from the tree.
這位騎士把被綁在那棵樹的馬解開。

MP3

005 dis-

dis- =否定→沒有；無；不

discover [dɪsˋkʌvɚ] *v.* 發現
記憶技巧 cover =封面；掩護，dis-cover 表示沒有掩護→發現的意思。

例句：Columbus **discovered** America in 1492.
在 1942 哥倫布年發現美洲。

discovery [dɪsˋkʌvərɪ] *n.* 發現

片語：the Discovery Channel 探索頻道；the English Channel 英吉利海峽
聯想字：■ channel [ˋtʃæn!] *n.* 頻道；海峽
例句：The **discovery** of gold in San Francisco brought a in great number of immigrants. 舊金山黃金的發現引入極多的移民。

disobey [ˌdɪsəˋbe] *v.* 不服從違抗

聯想字：■ obey [əˋbe] *v.* 遵守；服從
例句：If you **disobey** the traffice rules, you will be fined.
如果你違反交通規則，你將被罰款。

dishonest

[dɪs`ɑnɪst] *adj.* 不誠實的

聯想字：■ honest [`ɑnɪst] *adj.* 誠實的　　■ honesty [`ɑnɪstɪ] *n.* 誠實

discount

[`dɪskaʊnt] *v.* 打折扣　　*n.* 折扣

記憶技巧　count ＝數，dis-count　表示往負數去數，即是折扣，西方折扣若是 8 折，表示扣 20%（20% discount ＝ 20% off ＝ 20% less）。

聯想字：■ count [kaʊnt] *v.* 數　　■ accounting [ə`kaʊntɪŋ] *n.* 會計；會計學

dis-connect

[,dɪskə`nɛkt] *v.* 斷絕；脫離

聯想字：■ connect [kə`nɛkt] *v.* 連接

例句：The telephone is **disconnected**, please dial again later.
這電話沒接通，請待會兒再撥。

disclose

[dis`kləuz] *v.* 揭開；洩露

記憶技巧　close ＝關閉，dis-close　表示揭開、揭露。

例句：She **disclosed** the truth that she divorced once.
她透露她曾離婚一次。

disaster

[dɪ`zæstə] *n.* 災禍；災難

記憶技巧　aster ＝星星，aster 是由 star 演變而來的。dis-aster 表示相傳不好的星星殞落就會有大災難。

聯想字：■ star [stɑr] *n.* 星星　　■ super star　超級大明星

例句：The earthquake was a **disaster**.
這次的地震是場災難。

MP3

disappointed

[ˌdɪsəˈpɔɪntɪd] *adj.* 失望的

記憶技巧 appoint ＝指派， -ed ＝形容詞字尾，
dis-appoint-ed　表示沒被指派到作官就會
很失望。

聯想字：■ appointment [əˈpɔɪntmənt] *n.* 約會
　　　　■ point [pɔɪnt] *v.* 指；點　*n.* 點

例句：He has been **disappointed** since he lost the election.
　　　自從落選（參選失敗）之後，他一直很失望。

disappointment

[ˌdɪsəˈpɔɪntmənt] *n.* 失望

記憶技巧 沒有人 appointment（約會）就會很
失望。

例句：To our **disappointment**, he did not pass the examination.
　　　讓我們失望地，他沒有通過考試。

disagree

[ˌdɪsəˈgri] *v.* 不同意

片語：A agree ／ disagree with B　A 同意／不同意 B
　　　A agree ／ disagree to sth　A 同意／不同意某事

聯想字：■ agree [əˈgri] *v.* 同意　　■ agreement [əˈgrimənt] *n.* 協議

例句：The newspaper report **disagrees** with the issue on the internet.
　　　對此議題，報紙的報導與網路不一致。

discourage

[dɪsˈkɝɪdʒ] *v.* 使氣餒；但沮喪

記憶技巧 courage ＝勇氣，
dis-courage　沒有勇氣就是氣餒。

聯想字：■ courage [ˌkɝɪdʒ] *n.* 勇氣　　■ encourage [ɪnˈkɝɪdʒ] *v.* 鼓勵

例句：It **discouraged** him that he was considered stupid when he
was young.
　　　令他氣餒的是他年幼時被人認為是呆笨的。

dis-advantage

[ˌdɪsədˈvæntɪdʒ] *n.* 不利；損失

記憶技巧 ad- 表「增加」，dis 否定，dis-ad-vant-age 表示減少優勢，為不利、損失的意思。

聯想字：■ vantage [ˈvæntɪdʒ] *n.* 優勢
　　　　■ advantage [ədˈvæntɪdʒ] *n.* 益處；優勢

片語：have the advantage of... 佔有……的優勢
　　　take advantage of 人 佔某人便宜

例句：There are both advantages and **disadvantage** to live in a prosperous city.
　　　住在繁華的都市，利弊皆有。

dis-appear

[ˌdɪsəˈpɪr] *v.* 消失　dis-ap-pear

聯想字：■ appear [əˈpɪr] *v.* 出現；似乎
　　　　■ appearance [əˈpɪrəns] *n.* 出現；容貌；外觀

disease

[dɪˈziz] *n.* 疾病

聯想字：■ ease [iz] *n.* 舒適；容易

片語：with ease = easily 輕易地、容易地

例句：The duty of doctors is to prevent and cure **dieases**.
　　　醫生的職責是預防和治療疾病。

dislike

[dɪsˈlaɪk] *v.* 不喜歡；討厭

記憶技巧 like = 像；喜歡，un-like = 不像，dis-like 表示不喜歡。

聯想字：■ likely [ˈlaɪklɪ] *adj.* 有可能的　　■ alike [əˈlaɪk] *adj.* 相似的

例句：He **dislikes** cats.
　　　他不喜歡貓。

　　　Unlike other cats, this cat dislikes fish bones.
　　　不像其他的貓，這隻貓不愛吃魚骨頭。

MP3

disturb

[dɪs`tɝb] *v.* 使不安；打擾

(記憶技巧) turb ＝擾亂，turb 跟 turn 做聯想，
dis-turb 表示讓內心不愉快地轉動之意。

聯想字：■ turn [tɝn] *v.* 轉；轉動

例句：Please don't **disturb** me while I am studying.
當我正在讀書時，請勿打擾我。

discontent

[dɪskən`tɛnt] *n.* 不滿；不平　*v.* 使感到不滿　*adj.* 不滿

聯想字：■ content [kən`tɛnt] *n.* 滿足　*adj.* 滿足的
　　　　■ contented [kən`tɛntɪd] *adj.* 感到滿足的

例句：There was a crowed of people explaining various **discontent** (=
discontentment) to the officials.
有一群人向官員們說明種種的不滿。
Did anything **discontent** you?
有任何事情令你不滿嗎？
She always seems **discontent** (= discontented) with her
husband.
她對她丈夫似乎總是不滿意。

006 n-

n- = 無；沒；不

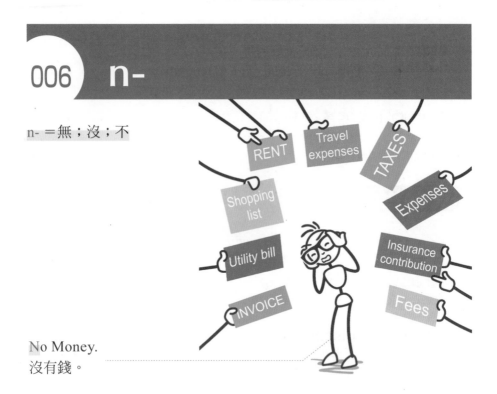

No Money.
沒有錢。

no [no] *adj.* 沒有；無

片語：not... any + n. = no + n.　沒有
聯想字：■nothing = not anything　*n.* 沒什麼事；無事
例句：I have **no** money.　我沒有錢。
　　　= I don't have any money.
　　　He has **no** friends.　他沒有朋友。
　　　= He doesn't have any friends.

none [nʌn] *n.* 沒有人；一個也沒有
記憶技巧 此字中有兩個 n，可記下詞性是 *n.* 名詞。

例句：**None** of the residents have committed crimes.
　　　居民當中都沒有犯過罪。
　　　It is **none** of your business.　不干你的事。

MP3

never

[ˋnɛvə] *adv.* 從未；未曾

諺語：Better late than **never**. 晚總比沒有好。
例句：I have **never** been to Hong Kong. 我不曾去過香港。

negative

[ˋnɛɡətɪv] *adj.* 否定的；消極的；負的 *n.* 否定

聯想字：■ positive [ˋpɑzətɪv] *adj.* 肯定的；積極的
例句：Two **negatives** make a positive. 負負得正（兩個否定構成肯定）

neglect

[nɪɡˋlɛkt] *v.* 忽視；不顧
記憶技巧 neg- =否定，negative =否定的，
neg-lect 表示不選之，即不顧，為忽視之意。

聯想字：■ elect [ɪˋlɛkt] *v.* 選舉；推選 ■ select [səˋlɛkt] *v.* 挑選
例句：He was laid off because he **neglected** his duty.
他因為怠忽職責而被解雇。

neither

[ˋniðə] *adj.* 兩者都不……的 *adv.* 既不……也不
■ either [ˋiðə] *adj.* 兩者中任一的 *n.* 兩者中任一

numb

[nʌm] *adj.* 麻木的；無感覺的

聯想字：■ dumb [dʌm] *adj.* 啞的；不會說話的

naked

[ˋnekɪd] *adj.* 裸的；裸體的；沒有穿戴的

聯想字：■ naked eye 肉眼

neutral

[ˋnjutrəl] *adj.* 中立的；中性的 *n.* 中立者，中立國
記憶技巧 不是酸性，不是鹼性，沒有協助任何一方的。

聯想：■ netural nation 中立國

neuter

[`nekɪd] *adj.* 中性的 *v.* 去勢
記憶技巧 不是雄，不是雌的。

nonsense

[`nɑnsɛns] *n.* 無意義的話；胡扯
記憶技巧 sense ＝道理；合理性；感覺；感官，
non-sense 表示無合理性的意思。

片語：make sense 有意義、講得通

nonstop

[nɑn`stɑp] *adj.* 中途不停的 *adv.* 中途不停地
記憶技巧 stop ＝停；站牌，non-stop 表示不停，直達。

片語：nonstop train ／ bus 直達火車／巴士

例句：I took a nonstop plane to Vancouver, Canada.
我搭了直達機飛到加拿大的溫哥華。

nonverbal

[,nɑn`vɝb!] *adj.* 非言詞的
記憶技巧 verbal ＝言詞的，
non-verbal 表示不使用語言表達的意思。

片語：verbal fight 口角、口水戰

nonviolence

[`nɑn`vaɪələns] *n.* 非訴諸暴力的
記憶技巧 violence ＝暴力，
non-viol-ence 表示非暴力的意思。

聯想字：■ violent [`vaɪələnt] *adj.* 暴力的

例句：They fasted to make a protest of **nonviolence**.
他們絕食提出非暴力的抗議。

MP3

007 anti-

anti- ＝反對；抵抗；排斥

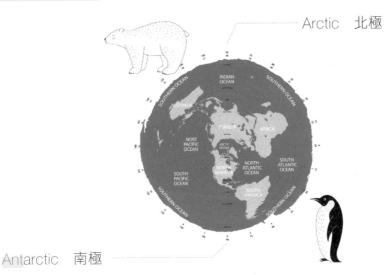

Arctic　北極

Antarctic　南極

antibody [`æntɪ,bɑdɪ] *n.* 抗體
記憶技巧 body ＝身體，anti-body　為血液中抗菌的物質。

例句：**Antibodies** in the blood tend to destroy other harmful substances.
血液中的抗體可以消滅其它有害物質。

antiwar [,æntɪ`wɔr] *adj.* 反戰爭的
記憶技巧 war ＝戰爭，anti-war　表示在戰爭的時候，可看見反戰爭的標語。

例句：**Antiwar** consciousness rose up in the U.S. during the Vietman War.
在越戰時，美國的反戰意識高漲。

antipol·lution

[ˌæntɪpəˈluʃən] *adj.* 反污染的

記憶技巧 pol‑lution ＝污染；-ion 名詞尾，anti‑pol‑lut‑ion 表示反對污染。

聯想字：■ pollute [pəˈlut] *v.* 污染

例句：**Antipollution** issue has been more concerned about than ever.
反污染議題比以前更加被關切了。

antitrust

[ˌæntɪˈtrʌst] *adj.* 反托拉斯的；反資本兼併的

聯想字：■ trust [trʌst] *n.* 信任；信賴；企業聯合；托拉斯 *v.* 信任；信賴

例句：Many companies in Swiss decided against **antitrust** policy.
許多在瑞士的公司決定抵制反托拉斯政策。

antarctic

[ænˈtɑrktɪk] *adj.* 南極的 *n.* 南極

記憶技巧 ant- 是從 anti- 演變而來的，ant‑arct‑ic 是與 arctic（北極）相對抗的那一端。

聯想字：■ arctic [ˈɑrktɪk] *adj.* 北極的 *n.* 北極

例句：The **Antarctic** is the region lying south of the Antarctic Circle.
南極位於南極圈的南方。
The **Antarctic** Ocean consists of the waters of the Southern Atlantic, the Indian and the Pacific Ocenas.
南極海是由南大西洋、印度和太平洋組成。

antiaging

[æntəˈedʒɪŋ] *adj.* 老化的

記憶技巧 aging ＝老化，保養品常標榜 anti‑aging（抗老化）。

聯想字：■ age [edʒ] *n.* 年齡

例句：Olive is a kind of **anti-aging** element.
橄欖是一種抗老化的元素。

MP3

antibiotic

[ˌæntɪbaɪˋɑtɪk] *adj.* 抗生素的　*n.* 抗生素

記憶技巧 bio ＝生物、生命，-tic ＝形容詞字尾

聯想字：■ biology [baɪˋɑlədʒɪ] *n.* 生物學

例句：People are afraid to take too much **antibiotic** medicine.
人們害怕吃太多抗生素的藥。
Antibiotic can kill bacteria or render them inactive.
抗生素可以殺死細菌或者使細菌喪失活力。

antonym

[ˋæntəˌnɪm] *n.* 反義字

記憶技巧 onym ＝姓名；文字，anti- 接母音為首的字幹時，
anti- 的 i 字母會省略，ant-onym　表示跟另一字對
抗及相反的字。

聯想字：■ synonym [ˋsɪnəˌnɪm] *n.* 同義字，syn- ＝相同（same）。

例句："Hot" is the **antonym** of "cold."
熱的相反詞就是冷。

anticapital -ist

[ˌæntɪˋkæpətlɪst] *n.* 反資本家；反資本主義者

記憶技巧 -tal ＝形容詞字尾，-ist「人」的字尾，
capitalist ＝資本家，anti-capi-tal-ist 為
反對資本家的人之意。

聯想字：■ capitalism [ˋkæpətlˌɪzəm] *n.* 資本主義者

例句：After the 911 attack, you could see many protesting boards that
say "**Anticapitalist**" in Afghanistan.
在 911 攻擊事件後，在阿富汗可以看到這樣的抗議看板「反資本主義者」。

antiterrorist

[ˋæntɪˌtɛrərɪst] *n.* 反恐怖主義者

聯想字：■ terror [ˋtɛrə] *n.* 恐怖　　■ terrorist [ˋtɛrərɪst] *n.* 恐怖份子
■ terrorism [ˋtɛrəˌrɪzəm] *n.* 恐怖主義

008 mis-

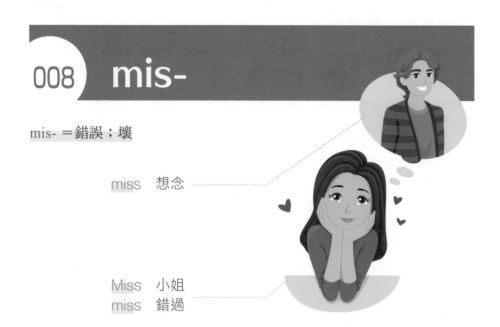

mis- ＝錯誤；壞

miss 想念

Miss 小姐
miss 錯過

miss
[mɪs] *v.* 錯過；錯失；想念　Miss *n.* 小姐；女士
記憶技巧 錯過一個心儀的小姐，頗想念的。

例句：Don't **miss** my name out.　不要漏掉我的名字。
Her shot **missed** the mark.　她沒有射中目標。

mislead
[mɪs`lid] *v.* 誤導
記憶技巧 lead ＝引導，mis-lead　錯誤的引導。

聯想字：■ leading [`lidɪŋ] *adj.* 領導的　　■ leader [`lidə] *n.* 領導者
例句：The defendant is trying to **mislead** the jury.
被告正試著誤導陪審團。

mistake
[mɪ`stek] *n.* 錯誤　*v.* 弄錯；誤解

片語：make a mistake　犯錯
take A for B　把 A 認成 B
mistake A for B　誤把 A 當作 B。

聯想字：■ take [tek] *v.* 拿

例句：Don't make the same **mistake** again.　別再犯相同的錯誤。（名詞）
I **mistook** goats for sheep.　我錯將山羊看成綿羊。（動詞）

mistaken

[mɪˋstekən] *adj.* 誤解的；錯誤的

記憶技巧 過去分詞當形容詞用。

聯想字：■ wrong [rɔŋ] *adj.* 錯誤的

例句：You are **mistaken**.　你弄錯了。

misspell

[mɪsˋspɛl] *v.* 拼錯

聯想字：■ spell [spɛl] *v.* 拼字

例句：You **misspell** the word, "Mississippi."　你把密西西比這個字拼錯了。

mistrust

[mɪsˋtrʌst] *v.* 不信；懷疑　*n.* 疑惑

聯想字：■ trust [trʌst] *v. n.* 信賴；信任

例句：I **mistrust** his saying.　我懷疑他的說詞。（動詞）
　　　He keeps all his sayings at home since he has a great **mistrust** of banks.（名詞）
　　　他將儲蓄存在家裡，因為他對銀行很不信任。

misunder-stand

[ˋmɪsʌndəˋstænd] *v.* 誤會

記憶技巧 stand 站（v），understand 了解（v），
mis-under-stand 三態為 misunderstand
／ misunderstood ／ misunderstood

例句：He is misunderstood.　他被誤會了。

misfortune

[mɪsˋfɔrtʃən] *n.* 不幸

記憶技巧 fortune ＝運氣；
財富，mis-fortune　為壞運氣之意。

諺語：Misfortunes never come single.　禍不單行。

miserable

[ˋmɪzərəbl] *adj.* 悲慘的；不幸的

例句：The children in Kenya lead **miserable** lives.
　　　肯亞的小孩過著悲慘的生活。

mistreat

[mɪs`trit] v. 虐待；苛待

聯想字：■ treat [trit] n. v. 對待；招待

例句：That little boy is **mistreated** by his father.
那個小男孩被他父親虐待。

mistress

[`mɪstrɪs] n. 女主人；名女人；姨太太；情婦

記憶技巧 ess ＝女生，mis-tr-ess 跟不當的女子發生錯誤的性關係；女人太有名從前是被視為錯誤的。

例句：Mrs. William is the **mistress** of the castle.
威廉太太是這座城堡的女主人。
My boss has a **mistress** in China.
我老闆在中國有一個情婦。

009 en-

en- = 使變成為……，表示
「動詞化」。有時 -en 放字
尾，也表示「動詞化」，=
使變成為……，見 263 頁。

enable [ɪnˋebl̩] *v.* 使能夠；使可以
(記憶技巧) 使變成能夠。

聯想字：■ able [ˋebl̩] *v.* 能夠　　■ ability [əˋbɪlətɪ] *n.* 能力
例句：Airplanes **enable** people to travel around the world.
　　　飛機使人們能夠環遊世界。

enlarge [ɪnˋlɑrdʒ] *v.* 擴大；增大；放大
(記憶技巧) 使變成為大。

片語：at large　逍遙法外
聯想字：■ large [lɑrdʒ] *adj.* 大的
例句：Please **enlarge** this photo.　請放大這張照片。

enjoy [ɪnˋdʒɔɪ] *v.* 享受；欣賞；喜歡
(記憶技巧) 使變為歡喜。

片語：enjoy oneself　享樂，過得愉快
聯想字：■ joy [dʒɔɪ] *n.* 歡喜；快樂
　　　　■ joyful [ˋdʒɔɪfəl] *adj.* 歡喜的；快樂的
例句：We did enjoy ourselves last night.　昨晚我們真的玩得很愉快。

enclose

[ɪn`kloz] *v.* 圍繞；封入

記憶技巧 使變成關閉。

聯想字：■ close [klos] *v.* 關閉；結束　*adj.* 接近的；親密的

例句：I'm enclosing a check with the letter.
隨函我寄上一張支票。

enrich

[ɪn`rɪtʃ] *v.* 使富裕；使豐富

記憶技巧 使其變為豐富。

聯想字：■ rich [rɪtʃ] *adj.* 富有的　■ be rich in... 富有……

例句：Christianity enriches my life.
基督教信仰豐富了我的人生。

entrap

[ɪn`træp] *v.* 用陷阱捕捉；使陷羅網

記憶技巧 使其變成在陷阱內。

聯想字：■ trap [træp] *n.* 陷阱

例句：He was entrapped into making confession.
他被誘使而招供。

entitle

[ɪn`taɪtḷ] *v.* 給予名稱；定……之名

記憶技巧 使其變成有名稱。

聯想字：■ title [`taɪtḷ] *n.* 頭衛；標題　■ subtitle [`sʌb,taɪtḷ] *n.* 副標題

例句：The book was entitled "How to Enlarge Your Vocabulary."
這本書的名稱叫「如何增進字彙」。

encourage

[ɪn`kɝɪdʒ] *v.* 鼓勵；勉勵

記憶技巧 使其變成有勇氣。

聯想字：■ courage [,kɝɪdʒ] *n.* 勇氣

例句：My best friend always encourages me when I am depressed.
當我沮喪時，我最好的朋友總是鼓勵我。

MP3

enslave

[ɪn`slev] *v.* 使成為奴隸；束縛

記憶技巧 使變成為奴隸。

聯想字：■ salve [sæv] *n.* 奴隸

例句：Superstitions still enslave a lot of people in the countryside.
迷信仍束縛許多鄉下人。

endanger

[ɪn`dendʒə] *v.* 使陷於危險；危及；危害

記憶技巧 使變成有危險。

片語：endangered species　瀕臨絕種的生物

聯想字：■ danger [`dendʒə] *n.* 危險　　■ dangerous [`dendʒərəs] *adj.* 危險的
　　　　■ species *n.* （生物上分類）種類

例句：Over deforestation **endangers** many species.
過度砍伐森林危及許多生物。

ensure

[ɪn`ʃʊr] *v.* 保證；確保

記憶技巧 使變成為確定。

片語：make sure　確定；查明

聯想字：■ sure [ʃʊr] *adj.* 確定的；確信的

例句：Hard preparations **ensure** success.
努力準備確保成功。

010 mono-

mono- =單一，發音像似「媽呢」，
每一個人只有「單一個」媽。

monogamy　一夫一妻制

monotone

[ˋmɑnəˌton] *n.* 單調音

聯想字：■ tone　[ton]　*n.* 音調；音色

例句：A **monotone** is a tone without changes of pitches in talking or singing.　單一音調是指說話或唱歌時沒有音調變化。

monotonous

[məˋnɑtənəs]　*adj.* 單調的；無變化的
記憶技巧　-ous ＝形容詞字尾

例句：Most of the youngsters don't like **monotonous** work.
大部份的年輕人都不喜歡沒有變化的工作。

monoxide

[mɑnˋɑksaɪd]　*n.* 一氧化物
記憶技巧　oxide ＝氧化物

聯想字：■ dioxide [daɪˋɑksaɪd]　*n.* 二氧化物　　■ oxygen [ˋɑksədʒən]　*n.* 氧氣

例句：**Monoxide** is a chemical compound that contains one oxygen atom.　一氧化物是一種包括一個氧原子化學的化合物。

monogamy

[məˋnɑgəmɪ]　*n.* 一夫一妻制
記憶技巧　gamy ＝結合；結婚

聯想字：■ polygamy　[pəˋlɪgəmɪ]　*n.* 多妻制

例句：Saudi Arabia is not a country of **monogamy**.
沙烏地阿拉伯不是一夫一妻制的國家。

MP3

monopoly

[mə`nɑplɪ] *n.* 壟斷；獨占；大富翁遊戲

記憶技巧 poly 表「賣」，mono-poly 表示玩大富翁遊戲時，獨占、壟斷者視為最後勝利者。

聯想字：■ monopolize [mə`nɑpl,aɪz] *v.* 壟斷；獨占

例句：Many governments impose **monopoly** on tobacco.
很多政府對於菸草強制獨賣。

monolingual

[,mɑnə`lɪŋgwəl] *adj.* 只用一種語言的
n. 只用一種語言的人

記憶技巧 lingual 和 language 同字源，mono-lingu-al 為只用單一一種語言的意思。

例句：Most Americans are **monolinguals**.（*n.*）
大部份的美國人只會說一種語言。
Some American Chinese are bilingual, while others are **monolingual**.（*adj.*）
有一些美國華僑會講雙語，而有些華僑只會說一種語言。

monarch

[`mɑnək] *n.* 君王；國王

記憶技巧 mon- = mono，arch =頭；首（head）

聯想字：■ power [`paʊə] *n.* 力量　■ authority [ə`θɔrətɪ] *n.* 權柄

例句：The revolution overthrew the **monarchy**.
這場革命推翻了這個君主政體。

monopod

[`mɑnə,pad] *n.* 獨腳架

記憶技巧 pod =腳（foot）；腿（leg）

例句：The **monopod** could be used to stabilize items like cameras or binoculars.
這個獨腳架可以使用來穩定照相機雙筒望遠鏡。

monologue

[`mɑn!,ɔg] *n.* 獨白

記憶技巧 logue =說話（speak）

例句：Prince Hamlet expresses his inner secret in a **monologue**, "to be or not to be, that is the question."
哈姆雷特王子以獨白來表達他內心的秘密，道出：「要做或不做，問題在此。」

011 uni-

uni- ＝單一

unicycle 　獨輪腳踏車

unit [`junɪt] *n.* 單位
記憶技巧 結合成為一體。

例句：There are twelve **units** in the book. 這本書有十二個單元。

unite [ju`naɪt] *v.* 結合；聯合

聯想字：■union [`junjən] *n.* 聯合；結合
例句：**United** we stand, divided we fall. 團結則立，分離則倒。

united [ju`naɪtɪd] *adj.* 聯合的；結合的
記憶技巧 -ed ＝形容詞字尾

聯想字：■the United States 美國　　■the United Nations 聯合國
例句：England is one of the members of the **United** Nations.
　　　英國是聯合國的一員。

uniform [`junə,fɔrm] *n.* 制服
記憶技巧 表示單一形式的服裝意思。

聯想字：■form [fɔrm] 表格；形式　　■reform [,rɪ`fɔrm] *v.* 改革
例句：Policemen and nurses need to wear **uniforms**.
　　　警察和護士需要穿制服。

MP3

unicorn

[`junɪ,kɔrn] *n.* 獨角獸

記憶技巧 獨角獸像玉米（corn）似的一隻角。

universe

[`junə,vɝs] *n.* 宇宙

記憶技巧 是上帝創造所有的空間的一個總稱。

聯想字：■ universal [,junə`vɝs!] *adj.* 宇宙的；宇宙的

university

[,junə`vɝsətɪ] *n.* 大學

記憶技巧 -ty ＝名詞字尾，uni-versi-ty 為最早研究宇宙一切科學的地方之意。

例句：He is a **university** student. 他是大學生。

unanimous

[ju`nænəməs] *adj.* 意見一致的；全體一致的

記憶技巧 anim 表文字，-ous ＝形容詞字尾，un- ＝ uni，un-anim-ous 為說法一致的意思。

聯想字：■ animal [`ænəm!] *n.* 動物

例句：It turned out that the bill was passed by a **unanimous** vote.
結果這法案全體一致投票通過。

unisex

[`junə,sɛks] *adj.* 不分男女的；男女皆可的

聯想字：■ sex [sɛks] *n.* 性別

例句：**Unisex** public toilets can be used by people of both sexes, or gender identity.
男女不分的公廁適用於兩性、或任何性別認同的人。

unicycle

[`junɪ,saɪk!] *n.* 獨輪腳踏車

聯想字：■ cycle [`saɪk!] *n. v.* 週期；循環

例句：Riding a **unicycle** takes focus, balance, and perseverance.
騎獨輪腳踏車需要專注、平衡和毅力。

012 twi-

twi- = two = 二；二倍

twins 雙胞胎

twice [twaɪs] *adv.* 兩次；兩回；兩倍地

聯想字：■ once [wʌns] *adv.* 一次；一回；一倍地
例句：I have to think **twice** before I do it. 我做這件事之前必須再想一下。

twin [twɪn] *n.* 雙胞胎

記憶技巧 兩個嬰兒在媽媽肚子裡。（in）

例句：They are **twin** sisters.（形容詞） 她們是雙胞胎姐妹。
　　　We are **twins**.（名詞） 我們是雙胞胎。

twist [twɪst] *v.* 扭轉；編織

記憶技巧 最早期的編織是採用左右兩次扭轉的方法。

例句：The violent wind **twisted** off the tree. 那陣大風吹倒了這顆樹。

MP3

twister [ˋtwɪstə] *n.* 龍捲風；旋風
記憶技巧 會讓東西在風中扭轉的意思；twister = tornado

twinkle [ˋtwɪŋkl] *v. n.* 閃爍；發光
記憶技巧 一明一暗兩次交錯著。

例句：The stars **twinkle** in the sky.　星星在天空閃爍。

twilight [ˋtwaɪˏlaɪt] *n.* 黎明；黃昏；薄暮
記憶技巧 light ＝明亮的；光線，twi-light　表示太陽和月亮兩
種光線同時存在的時候。

例句：Tigers begin to hunt at **twilight**.　老虎在黃昏時刻開始覓食。

between [bɪˋtwin] *prep.* 介於二者之間
記憶技巧 between A and B　介於 A 和 B 之間，A、B 皆用受
格，因 between 是介詞。

例句：Don't tell others. It's **between** you and me.
別告訴其他人，這是你我之間的秘密。

013 bi-

bi- ＝雙；兩

bicycle 腳踏車

bicycle
[ˋbaɪsɪk!] *n.* 腳踏車
記憶技巧 cycle ＝循環；週期，bi-cycle 表示兩個輪子循環地轉。

聯想字：■ circle [ˋsɝk!] *n.* 圓；週期

bilingual
[baɪˋlɪŋgwəl] *adj.* 雙語的　*n.* 通曉歌種語言的人
記憶技巧 lingu ＝語言，lingual ＝舌的；語言的，lingual 和 language（語言）同字源。

聯想字：■ linguistics [lɪŋˋgwɪstɪks] *n.* 語言學

例句：**Bilingual** education has been implemented in the elementary schools since 2001. 雙語教育從 2001 年就開始在國民小學實施了。

biology
[baɪˋɑlədʒɪ] *n.* 生物學
記憶技巧 -ology ＝學科的字尾，bi-ology 表示生物包含動物和植物兩種。

聯想字：■ psychology [saɪˋkɑlədʒɪ] *n.* 心理學

MP3

bigamy [ˋbɪgəmɪ] *n.* 重婚罪
記憶技巧 gamy ＝結婚（marriage）

例句：The man is accused of committing **bigamy** because he is married to two women at the same time.
這男人被控犯罪重婚罪，因為他同時與兩個女人結婚。

bimonthly [ˋbaɪˋmʌnθlɪ] *adj. adv.* 兩月一次
記憶技巧 -ly ＝形容詞和副詞字尾
　　　　　 形容詞＋ ly → 副詞
　　　　　 非形容詞＋ ly → 形容詞

例句：A **bimonthly** magazine is issued every other month.
雙月刊雜誌兩月發行一次

biped [ˋbaɪˏpɛd] *n.* 兩腿動物
記憶技巧 ped ＝腳（leg）

例句：Men and birds are classified into the order of **bipeds**.
人與鳥被歸類入雙腿動物目。

014　tri-

tri- ＝三；三倍的，
發音像 three [θri]。

tricycle　三輪車

triangle　三角形

tricycle
[`traɪsɪk!] *n.* 三輪車
記憶技巧 cycle ＝循環；週期，tri-cycle 表示三個輪子循環地轉。

聯想字：■ circle [`sɝk!] *n.* 圓；週期

triangle
[`traɪˏæŋg!] *n.* 三角形
記憶技巧 angle ＝角度，tri-angle 表示有三個角度的形狀。

triple
[`trɪp!] *adj.* 三倍的
記憶技巧 網址前的那三個 w，我們常唸為 triple w。

聯想字：■ double [`dʌb!] *adj.* 兩倍的

例句：He should receive **triple** pay for his extra work.
　　　他應該因為加班得到三倍的報酬。

MP3

tripod

[`traɪpɑd] *n.* 三腳架

記憶技巧 pod ＝腳（foot）；腿（leg）

例句：The photographer put his camera on a **tripod** to take pictures.
這個攝影師把他的照相機放在三腳架上以便攝影拍照。

triplet

[`trɪplɪt] *n.* 三胞胎之一

記憶技巧 -let ＝小（small）

例句：The **triplet** is viable so it is kept in an incubator.
此三胞胎之一可存活故被放入保溫箱之中。

trinity

[`trɪnətɪ] *n.* 三位一體

記憶技巧 -nity ＝團結；聯合；統一性（unity）

例句：According to the Bible, the **Trinity** consists of God the Father, God the Son, and God the Holy Spirit.
根據聖經，三位一體包含聖父、聖子、聖靈。

015 ma- ／ max- ／ mag-

ma- ／ max- ／ mag- ＝多；大

max 最大的 ......

min 最小的 ......

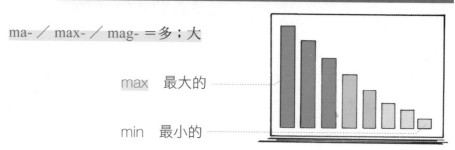

magnify [ˋmægnə͵faɪ] *v.* 擴大；放大
記憶技巧 -fy ＝動詞字尾

例句：The photographer decided to **magnify** that picture.
攝影師決定要把那張相片放大。

magnificent [mægˋnɪfəsənt] *adj.* 壯麗的；很棒的（口語用法）
記憶技巧 大而美麗的，大大的好。
fantastic ＝ terrific ＝ wonderful ＝ marvelous
＝ excellent ＝ superb ＝ magnificent 很棒的

例句：The Great Wall in China is very **magnificent**!
中國的萬里長城非常的壯觀！

magnitude [ˋmægnə͵tjud] *n.* 光度（大小）；震度（地震大小）
記憶技巧 -itude ＝態度；狀態，
mag-n-itude 表示大到某個程度。

例句：The **magnitude** of 921 earthquakes in Taiwan was 7.4.
台灣 921 大地震的震度是 7.4 級。

main [men] *adj.* 最重要的；主要的

聯想字：■mainland [ˋmenlənd] *n.* 本土土地；大陸

例句：The **main** advantage is that it keeps people healthy.
最主要的好處是要讓人們保持健康。

MP3

major [`medʒɚ] *adj.* 主要的　*n. v.* 主修
記憶技巧 佔大部份的（科目）。

片語：某人 major in... 某人主修……

聯想字：minor [`maɪnɚ] *adj* 次要的

例句：Gary **majored** in science at college.　蓋瑞在大學主修科學。
The **major** policy of government is to build another highway.
政府主要的政策是要建另一條高速公路。

majority [mə`dʒɔrɪtɪ] *n.* 多數
記憶技巧 -ty ＝名詞字尾，ma-jori-ty　表示佔最大部份的人或
事物。

例句：The **majority** of workers were for a strike.　大多數工人贊成罷工。

majesty [`mædʒɪstɪ] *n.* 威嚴；陛下；大人
記憶技巧 -ty ＝名詞字尾，ma-jes-ty 為偉大的人之意。

mayor [`meɚ] *n.* 市長
記憶技巧 -or ＝「人」的字尾，ma-y-or　城市中掌最大職權的人。

例句：Who will be the next **mayor** of Taipei?　台北市下任市長是誰？

mass [mæs] *n.* 塊；團；密集；大量

聯想字：■ mass communication　大眾傳播
■ massive [`mæsɪv] *adj.* 大量的

例句：**Mass** communication becomes a very popular subject at a
university.　大眾傳播在大學中成為很熱門的科目。

maximum [`mæksəməm] *n.* 最大化；最大量
記憶技巧 mum ＝量

聯想字：■ minimum [`mɪnəməm] *n.* 最小化

例句：Our goal is to achieve the **maximum** of outstanding
accomplishment.（名詞）　我們的目標是達到最高的業績。
The **maximum** load of the truck is three tons.
卡車最高的載重量是三噸。

maximize

[`mæksə,maɪz] *v.* 使達到最大；達到最高

記憶技巧 -ize ＝動詞字尾，表示「使……化」。

聯想字：■ minimize [`mɪnɪ,maɪz] *v.* 使減至最少量或最低限度

例句：In order to **maximize** the production, the workers keep working day and night.
為了使生產達到最大量，工人們持續不分晝夜的工作。

maximal

[`mæksəml] *adj.* 最大的；最高的

記憶技巧 -al ＝形容詞字尾

聯想字：■ minimal [`mɪnəməl] *adj.* 微小的

例句：The **maximal** GDP in Taiwan was in 1992.
台灣最大的國內總產值是在 1992 年。

maxim

[`mæksɪm] *n.* 金玉良言；格言

記憶技巧 能帶給人最大的好處的話。

matter

[`mætə] *n.* 重大事情 *v.* 關係重大

片語：as a **matter** of fact ＝ in really ＝ in fact ＝ in truth 事實上

常用句：What's the **matter**? 怎麼了？
It doesn't **matter**. 沒關係，不要緊。
It **matters**. 關係重大。

例句：It was a **matter** of life and death for me. 這事對我來說是攸關生死。

massacre

[`mæsəkə] *v.* 大屠殺

記憶技巧 mass ＝大量，ma-ssacre 表示人死得之多，遍佈佔地好幾英畝之大。

聯想字：■ acre [`ekə] *n.* 英畝

例句：Hitler **massacred** six million Jews during the Second World War.
希特勒在第二次世界大戰中屠殺了六百萬的猶太人。

MP3

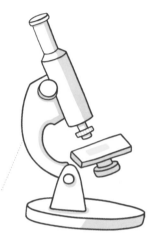

016 micro-

micro- ＝小……；微……

microscope　顯微鏡

microphone

[`maɪkrə,fon]　*n.* 麥克風；擴音器

聯想字：■ phone [fon] *n.* 電話　　■ telephone directory ／ book　電話簿
　　　　■ telephone booth　電話亭

microscope

[`maɪkrə,skop]　*n.* 顯微鏡
記憶技巧　scope ＝觀察……之器具、……鏡

例句：The COVID-19 virus under a **microscope** looks like a crown.
　　　新型冠狀病毒（武漢病毒）在顯微鏡下看起來像似皇冠。

microbiology

[,maɪkrobaɪ`ɑlədʒɪ]　*n.* 微生學；細菌學
記憶技巧　-ology ＝學科字尾，bi-ology　生物學，
　　　　　micro-bi-ology　微生物學。

microeconomics

[,maɪkrə,ikə`nɑmɪks] *n.* 個體經濟學

記憶技巧 econom ＝經濟，-ics ＝學科字尾，

economics　經濟學，

micro-econom-ics　個體經濟學。

聯想字： ■ economy [ɪ`kɑnəmɪ] *n.* 經濟

■ economical [,ikə`nɑmɪk!] *adj.* 節省的

■ macroeconomics [,mækro,ikə`nɑmɪks] *n.* 總體經濟學

microwave

[`maɪkro,wev] *n.* 微波　*v.* 用微波爐熱（食物）；用微波爐烹調

聯想字：■ wave [wev] *n.* 波；波浪　　■ microwave oven　微波爐

例句：A **microwave** could be short for a microwave oven.

微波這個字可以是微波爐的簡稱。

In a convenience store, you can ask a clerk to **microwave** food.

在便利商店，你可以請超商店員用微波爐加熱食物。

microchip

[`maɪkro,tʃɪp] *n.* 積體電路

記憶技巧 chip　晶片；薄片乾；馬鈴薯片，micro-chip　電腦積體電路是由晶片（小小薄片組成）。

例句：Taiwan Semiconductor Manufacturing Company（TSMC）has become the world's leading **microchip** manufacturer.

台積電已成為全世界領導的微晶（片）生產公司。

The vet implanted the pet puppy with a **microchip**.

獸醫師給這小寵物狗植入晶片。

MP3

017 tele-

tele- ＝遠

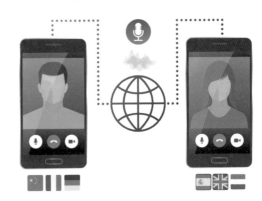

telephone

[`tɛlə,fon] *n.* 電話

記憶技巧 tele- ＝遠，phone ＝電話，
tele-phone 表示遠處傳來的聲音。

例句：We couldn't have **telephones** but for Bell Alexander Graham.
要不是有貝爾‧亞歷山大‧葛漢，我們就沒有電話。

telegram / telegraph

[`tɛlə,græm] / [`tɛlə,græf] *n.* 電報

記憶技巧 gram / graph ＝寫；畫，
tele-gram / tele-graph 表示
遠處傳來的所寫或圖畫。

聯想字：■ program [`progræm] *n.* 節目；程式

例句：I want to send an urgent **telegram** to New York.
我想要傳一份緊急電報到紐約。
The news came by **telegraph**. 消息以電報傳來。

telescope

[`tɛlə,skop] *n.* 望遠鏡

記憶技巧 scope ＝……鏡，tele-scope 為可看遠的鏡。

例句：I looked through my **telescope** at the shining stars.
我透過望遠鏡看著閃耀的星星。

television

[ˋtɛləˏvɪʒən] *n.* 電視

記憶技巧 vision ＝視覺；視力，tele-vis-ion 為遠處傳來視覺上可看的。

聯想字：■ visible [ˋvɪzəb!] *adj.*（可用肉眼）看得見的

例句：Her **television** reception is poor.　她的電視收訊不良。

teleconference

[ˋtɛləˏkɑnfərəns] *n.* 電傳會議

記憶技巧 conference ＝會議，tele-confer-ence 表示在遠處就可以開會的意思。

聯想字：■ press conference　記者會

例句：**Teleconference** becomes a trend in the world nowadays.
電傳會議成為目前世界的一個趨勢。

telepathy

[təˋlɛpəθɪ] *n.* 心電感應

記憶技巧 在遠處彼此有所感應。

例句：Twins always have **telepathy**.　雙胞胎都會有心電感應。

018 re-

re- ＝回；再一，錄音機或錄影機上的 "RE"（rewind）鍵表示「回」、「回轉」之意，可「回轉」、「再一次」地聽或看。

RE　FF

rewind

[ri`waɪnd] *v.* 捲回；倒（帶）

記憶技巧 wind ＝風；捲；繞轉……等，re-wind 表示想像風的轉動是繞轉的樣子，注意名詞的發音和動詞的發音不同。

聯想字：■ wind [waɪnd] *v.* 捲；繞轉；蜿蜒　　■ wind [wɪnd] *n.* 風

例句：Would you mind if I **rewind** the film?　你介意我把這影片回轉嗎？

react

[rɪ`ækt] *v.* 起反應；反動；反抗

記憶技巧 act ＝採取行動，re-act 回給一個行動。

聯想字：■ active [`æktɪv] *adj.* 積極的；主動的　　■ actor [`æktə] *n.* 行動者；男演員

例句：Our eyes **react** to light.　我們的眼睛對光有反應。

reaction

[rɪ`ækʃən] *n.* 反應

諺語：Action speaks louder than words.　坐而言不如起而行。

聯想字：■ action [`ækʃən] *n.* 行為；行動

例句：What is your **reaction** to his behavior?　你對他的行為有何反應？

rebound

[rɪ`baʊnd] *v.*（球等）彈回　*n.* 彈回

記憶技巧 bound *v.* 彈，發音像似「碰」，re-bound 碰碰地彈回來之意。

例句：The ball **rebounded** from the wall.　球從牆壁反彈回來。

reduce

[rɪ`djus] v. 減少

記憶技巧 數字／數量往回走。

聯想字：■reduction [rɪ`dʌkʃən] n. 減少
■produce [prə`djus] v. 產出；製造；生產

例句：Exercising can **reduce** the chances of suffering from heart diseases.
運動可以減少罹患心臟疾病的機會。

reflect

[rɪ`flɛkt] v. 反射；反響；反省

記憶技巧 照鏡子時回給你的。

聯想字：■reflection [rɪ`flɛkʃən] n. 反射；反映

例句：He didn't **reflect** on his past mistakes.　他沒有反省他過去的錯誤。

refund

[rɪ`fʌnd] v.　[`rɪ,fʌnd] n. 退還；償還

記憶技巧 fund ＝基金；資金。re-fund　退回錢。

例句：You can ask for a **refund** at duty-free shops.
你可以在免稅商店要求退款。

return

[rɪ`tɝn] v. 回；歸還

記憶技巧 物品再一回到原主或原處。

聯想字：■turn [tɝn] v. 轉動；翻轉

例句：You must **return** to the library the two books.
你一定要歸還圖書館二本書。
When will your boss **return**?
你老闆何時回來？

refuse

[rɪ`fjuz] v. 拒絕；回絕　n. 垃圾

記憶技巧 fuse ＝熔合；融合（金屬類），re-fuse　表示被回絕時，心就像保險絲熔了一樣。

聯想字：■confuse [kən`fjuz] v. 使困惑　■fuse [fjuz] n. 保險絲 v. 熔合；融合，
「保險絲」在電力過大時會熔化，自動切斷電源以避免火災。

例句：I **refuse** to believe that he died.　我不願意相信他死了。
Our government started to recycle **refuse**.　我們政府開始回收垃圾。

resist

[rɪˋzɪst] *v.* 抵抗；反抗

記憶技巧 sist 跟 sister 作聯想，re-sist　姊姊對我不好，我有所回應
→抵抗。

聯想字：■ sister [ˋsɪstə] *n.* 姊姊；修女　　■ insist [ɪnˋsɪst] *v.* 堅持

例句：Mr. Chen **resists** going to London with his wife.
陳先生不肯與他太太一起去倫敦。
This kind of watch resists water.　這類型的錶防水。

recognize

[ˋrɛkəgˌnaɪz] *v.* 認識；認出

記憶技巧 再一次認出原來就有或原知道的人事物。

例句：I couldn't **recognize** you!　我認不得你了！

response

[rɪˋspɑns] *v.* 回應

片語：in response to...　為……做回應

聯想字：■ respond [rɪˋspɑnd] *n.* 回應

例句：The villages made a protest in **response** to building a nuclear
power plant.　村民以抗議來回應興建核廠。

responsible

[rɪˋspɑnsəb!] *adj.* 負責的

記憶技巧 responsible 跟 response 作聯想，對事件都有
回應，就叫做負責。

聯想字：■ responsibility [rɪˌspɑnsəˋbɪlətɪ] *n.* 責任

片語：be responsible for...　對……負責；a sense of responsibility　責任感

例句：You should be **responsible** for losing my money.
你應該為弄丟我的錢這件事負責。

regain

[rɪˋgen] *v.* 復得；收復

記憶技巧 gain ＝獲得，re-gain　表示再次獲得的意思。

諺語：No pains, no gains.　要有耕耘才有收穫。

例句：Mainland China finally **regained** control of Hong Kong in1997
after 156 years of British rule.
1997 年在英國統治 156 年之後，中國大陸終於重獲香港的支控權。

remind

[rɪ`maɪnd] v. 使想起；使聯想到

記憶技巧 mind ＝留心；注意，re-mind　表示讓心中再次想起的意思。

片語：remind 某人 to 原 V.　提醒某人去做某事
　　　remind 某人 of 某事　使某人想起某事

聯想字：■ mind [maɪnd] v. 留心；注意；介意；反對　n. 心；精神

例句：He didn't **remind** his mother to take medicine.
　　　他忘了提醒他媽媽吃藥。

recover

[rɪ`kʌvə] v. 復原；痊癒

記憶技巧 cover ＝封面；覆蓋；掩護，re-cover　表示再一次變好之意。

例句：He took a long time to **recover** from the bad cold.
　　　他的重感冒花了很長的時間才痊癒。

refine

[rɪ`faɪn] v. 精煉；變純

記憶技巧 fine　adj. 美好的，re-fine　表示讓東西一而再地變好。

例句：Minerals can be refined into jewelry.　礦物可被精煉成寶石。

renowned

[rɪ`naʊnd] adj. 有名的

記憶技巧 nown 由 known（被知道的）演變而來，-ed ＝形容詞字尾，re-nown-ed　表示一而再地被人知道。
renowned ＝ well-known ＝ famous ＝ noted　有名的

例句：He is a **renowned** businessman.　他是個有聲譽的商人。

refresh

[rɪ`frɛʃ] v. 使爽快；使提神

記憶技巧 fresh　adj. 有生氣的，re-fresh　表示再次振奮精神。
refresh ＝ renew

聯想字：■ fresh [frɛʃ] adj. 有生氣的；新鮮的；新的　■ new [nju] adj. 新的

例句：Peppermint drops can **refresh** your mind.
　　　薄荷球糖可以讓你提神。

MP3

refreshment

[rɪˋfrɛʃmənt] *n.* 神清氣爽；茶點；點心

記憶技巧 -ment 名詞字尾，re-fresh-ment 吃了點心，會讓你再次振奮精神。

例句：Drinking coffee is **refreshment** to him. 他喝咖啡可以提神。
The department provides **refreshments** for staff meetings.
這部門在員工會議時提供點心。

reform

[ˌrɪˋfɔrm] *v.* 矯正；修正；改革

記憶技巧 form ＝形式；狀態，re-form 表示再一次改變狀態、形態的意思。

聯想字：■ formal [ˋfɔrml] *adj.* 正式的　■ informal [ɪnˋfɔrml] *adj.* 非正式的

例句：That law has been **reformed** for six times.
那法律已被修正了六次。

redial

[ˌriˋdaɪl] *v.* 重撥

記憶技巧 dial ＝撥電話，re-dial 為再撥一次的意思。

例句：Could you **redial** the number? 你可以重撥號碼嗎？

repeat

[rɪˋpit] *v.* 重覆；重說

記憶技巧 再講一次，再述一次。

例句：I don't understand what you mean. Would you mind **repeating** the question? 我不了解你的意思。你可以重覆你的問題嗎？

repair

[rɪˋpɛr] *v.* 修理

記憶技巧 pair ＝一對；一雙，re-pair 其中一隻壞了，修理之後就可以再次成雙了。

例句：The bicycle can be **repaired** in three days.
這腳踏車可以在三天以內修好。

republic

[rɪˋpʌblɪk] *n.* 公共的；共和政體

記憶技巧 public ＝公眾的，re-public 表示一個國家再次成為大眾的。

例句：The United States is a **republic**. 美國是個共和國。

reserve

[rɪ`zɝv] v. 保留；預定

記憶技巧 serve＝服務，re-serve 表示預定之後即將會有再一次的服務。

聯想字：■service [`sɝvɪs] n. 服務　■conserve [kən`sɝv] v. 保存；保護

例句：I would like to **reserve** a table for five persons.
我想要預訂五人座的位子。

reservation

[,rɛzɚ`veʃən] n. 預約

片語：make a reservation　預約

例句：May I make a **reservation** in advance?　我可以提前預約嗎？

reward

[rɪ`wɔrd] n. v. 報酬；報答

記憶技巧 做一件事，回給的報賞。

片語：in reward of...　為酬謝……；作為……獎賞

聯想字：■award [ə`wɔrd] v. 頒獎……獎；獎賞之東西；獎品

例句：She insists on giving you one thousand dollars in **reward** of teaching her Spanish.
她堅持要給你一千元做為你教她西班牙文的報酬。

resource

[rɪ`sors] n. 資源

記憶技巧 source＝來源；泉源，re-source 大自然有很多再生資源。

例句：Petrol is one of the natural **resources** in the world.
石油是世界上其中一項天然資源。

retail

[`ritel] n. v. 零售

記憶技巧 tail＝尾巴，re-tail 表示由上游的供應商一再到尾部。

聯想字：■retailer [rɪ`telɚ] n. 零售商　■detail [`ditel] n. 細節

例句：Sandy makes the sweets herself and **retails** them.
珊蒂自己製作糖果零售。

MP3

retain

[rɪˋten] *v.* 保留；維持

記憶技巧 tain ＝保有

聯想字：■ contain [kənˋten] *v.* 包含

例句：She still **retains** her young looks even though she is forty years old. 既使她已經四十歲了，她仍然維持年輕的容顏。

recreation

[ˌrɛkrɪˋeʃən] *n.* 娛樂；消遣休閒

記憶技巧 creation *n.* 創造，re-creat-ion 上帝創造人類，人類「再」創造休閒娛樂。

recreation ＝ entertainment 娛樂

聯想字：■ create [krɪˋet] *v.* 創造　■ creative [krɪˋetɪv] *adj.* 有創造力的
　　　　■ creature [ˋkritʃə] *n.* 生物

例句：I regard fishing as a form of **recreation**.
　　　我把釣魚當做一種消遣。

revive

[rɪˋvaɪv] *vi.* 復甦；甦醒；恢復　*vt.* 使復活；使振作

記憶技巧 再次有了生命。live *v.* 活；生活

聯想字：■ vital [ˋvaɪt!] *adj.* 生命的；致命的；極重要的
　　　　■ vivid [ˋvɪvɪd] *adj.* 活潑生動的

例句：The half-drowned child has **revived**. 那淹得半死的小孩已經甦醒了。

review

[rɪˋvju] *v.* 複習

記憶技巧 view ＝看；觀察，re-view 表示再看一次。

聯想字：■ interview [ˋɪntəˌvju] *v.* 面試

例句：Teachers always **review** lessons before giving tests.
　　　老師在考試之前都會複習。

revision

[rɪˋvɪʒən] *v.* 校閱 *n.* 校訂

記憶技巧 vision ＝視力；視覺，re-vision 表示再調看一次。

聯想字：■ television [ˋtɛləˌvɪʒən] *n.* 電視　■ visible [ˋvɪzəb!] *adj.* 用肉眼看到的

例句：The dictionary seems more complete after two **revisions**.
　　　這本字典經二次校訂後，似乎比較完整。

recommend

[ˌrɛkəˋmɛnd] v. 推薦

記憶技巧 commend 稱讚，re-commend 一再地稱讚就是推薦。

例句：The manager **recommended** his employee to the new branch.
經理把他的部屬推薦給新的分公司。

result

[rɪˋzʌlt] v. 導致　n. 結果

記憶技巧 做一件事之後，回來的結果。

片語：as a result 結果地
A result in B. A 導致 B
= A cause B.
= A lead to B.
= A bring about (forth／on) B.
= A give rise to B.
= B result from A. B 起因於 A

例句：His efforts **resulted** in failure.（動詞） 他的努力失敗了。
It was sad to hear about the **result**.（名詞） 聽到結果很令人失望。

retreat

[rɪˋtrit] n. v. 撤退；後退　n. 隱退之處

記憶技巧 treat ＝對待；款待，re-treat 表示回歸／去一個地方，往回走。

聯想字：■treatment [ˋtritmənt] n. 對待；治療

例句：My father's favorite **retreat** is the Sun-moon Lake.
我父親最喜愛的心靈休憩之處是日月潭。
Attacks by the enemy made the troop **retreat**.
受到敵人攻擊使得這個部隊撤退。

recycle

[riˋsaɪk!] v. 循環利用；回收

記憶技巧 cycle ＝循環；週期，re-cycle 表示垃圾再次循環利使用。

聯想字：■circle [ˋsɝk!] n. 圓

例句：We can **recycle** the chopsticks. 我們可以回收筷子。

MP3

019 pre-

pre- =預先；在……之前

predict　預言

predict
[prɪ`dɪkt]　*v.* 預言；預測

記憶技巧　pre- =預先；在……之前，dict- =源自 dictionary 字典（字典是教人遣寫的工具），pre-dict　表示事前就說出來了；或事前寫出來。

聯想字：■ dictionary [`dɪkʃən,ɛrɪ]　*n.* 字典

例句：That fortuneteller **predicted** that he would get married soon.
　　那位算命師預言他會很快結婚。

preface
[`prɛfɪs]　*n.* 序；序文

記憶技巧　face =臉；面孔，pre-face　表示封面不算之外，最先看的那一面。

例句：The author invited the president to write a **preface** in his new book.
　　這作者請總統在他的新書中寫一篇序文。

prefer
[prɪ`fɝ]　*v.* 比較喜歡；寧可要

記憶技巧　從一些事物中先選取。

片語：prefer A to B　喜歡 A 勝過於 B
聯想字：■ like [laɪk]　*v.* 喜歡
例句：I **prefer** tea to coffee.　我喜歡茶更勝於咖啡。

pregnant

[`prɛgnənt] *adj.* 懷孕的

記憶技巧 要生小孩前，要先懷孕。

例句：His wife has been **pregnant** for nine months.
他太太已懷孕九個月了。

prejudice

[`prɛdʒədɪs] *n.* 偏見；成見

記憶技巧 預先判斷好壞。

聯想字：■ judge [dʒʌdʒ] *v.* 判斷　*n.* 法官　　■ judicial [dʒu`dɪʃəl] *adj.* 司法的

例句：Alex hasn't gotten one particle of racial **prejudice**.
亞力士沒有絲毫的種族偏見。

premier

[`primɪə] *n.* 行政院長；首相

記憶技巧 所有官員最前面的那個人。

聯想字：■ prime [praɪm] *adj.* 為首的；主要的　　■ minister [`mɪnɪstə] *n.* 部長
■ prime minister 行政院長；首相

例句：Boris Johnson is the **premier** of England.　鮑里斯強森是英國的首相。

prepare

[prɪ`pɛr] *v.* 準備；預備

記憶技巧 事先準備。

片語：prepare for　為……，作準備

聯想字：■ compare [kəm`pɛr] *v.* 比較

例句：I should **prepare** for studying abroad.　我應該為出國唸書作準備了。

preposition

[ˌprɛpə`zɪʃən] *n.* 介詞

記憶技巧 position ＝位置；地點，pre-posit-ion　表示
介詞位置，在名詞之前。

preschool

[`pri`skul] *n.* 托兒所

記憶技巧 school ＝學校，pre-school　表示小孩子上小學之
前念的學校。

例句：Many children go to **preschool** before going to elementary
school.　很多小孩在進小學前都會去上幼稚園。

MP3

prescribe

[prɪ`skraɪb] *v.* 開處方籤；規定

記憶技巧 scribe ＝書寫，pre-scribe 表示醫生給藥時，要先寫出處方；先寫出來，要別人做。

聯想字：■ scribble [`skrɪbḷ] *v.* 塗鴉

例句：The doctor **prescribes** some tranquilizers for her.
醫生開一些鎮定劑給她。

prescription

[prɪ`skrɪpʃən] *n.* 處方籤

聯想字：■ fill [fɪl] *v.* 填充；填

片語：fill a prescription 配處藥方

present

[`prɛznt] *n.* 禮物　　[prɪ`zɛnt] *v.* 呈獻

記憶技巧 sent ＝送，pre-sent 表示送到人家面前，叫做禮物；將事物呈獻在大家面前。

例句：He got a **present** before his birthday.（名詞）　他生日前收到一份禮物。
I want to **present** her with a perfume.（動詞）　我想要送她一瓶香水。

president

[`prɛzədənt] *n.* 總統；總裁；校長

記憶技巧 pre- 之前，sid＝ side（邊；面；端）。公司、組織、國家……等等，最前邊、前端的人，就是指總裁、董事長、社長、總統。

例句：Obama was the former **president** of the U.S.A.
歐巴馬是美國的前任總統。

preserve

[prɪ`zɝv] *v.* 保護；保存；醃製

記憶技巧 serve ＝服務，pre-serve 表示在水果未壞前醃製好，為大眾服務之意。

聯想字：■ service [`sɝvɪs] *n.* 服務　　■ conserve [kən`sɝv] *v.* 保存；保護

例句：Oil **preserves** metal from rust.　油保護金屬免於生鏽。

pretend

[prɪ`tɛnd] *v.* 假裝

記憶技巧 tend ＝傾向於，pre-tend 表示事前就傾向要做什麼的意思。

例句：She **pretended** that she was innocent. 她假裝無辜。

prehistoric

[ˌprihɪs`tɔrɪk] *adj.* 史前的

記憶技巧 historic *adj.* 有歷史性的，pre-histor-ic 表示在開始有歷史記載之前。

聯想字：■ history [`hɪstərɪ] *n.* 歷史

例句：Some **prehistoric** people ate raw rats. 有些史前時期的人吃生老鼠。

prevent

[prɪ`vɛnt] *v.* 防止；預防

記憶技巧 在事情未發生之前要先預防。

片語：prevent... from... 防止……免於……

聯想字：■ invent [ɪn`vɛnt] *v.* 發明

例句：It's hard to **prevent** AIDS from spreading.
很難預防愛滋病的擴散。

preview

[`pri,vju] *v.* 預習

記憶技巧 view ＝看；觀察，pre-view 表示預先去看、去觀察。

例句：Don't forget to **preview** at home. 別忘在家先預習。

previous

[`priviəs] *adj.* 以前的；先前的；在前的

記憶技巧 -ous ＝形容詞字尾

例句：The film shattered all **previous** box office records.
這部電影打破了之前所有的票房紀錄。

MP3

020 per-

per- ＝貫穿；徹底，利用 er [ə]、[ɝ] 的發音，強調「徹底」、「貫徹」地捲舌發音。

persist

[pə`sɪst] v. 堅持

記憶技巧 徹底地堅持，比 insist（堅持）更堅持。

片語：ininsist...on ＝ persist...in　堅持……

例句：I **persist** in my own belief.　我固守自己的信念。

perform

[pə`fɔrm] v. 表演；履行；執行

記憶技巧 貫穿地（從頭到尾地）形成（form）。

聯想字：■ form [fɔrm] v. 形成　n. 形態；表格

例句：Will Tom Cruise **perform** tomorrow?
湯姆克魯斯明天會表演嗎？

perfect

[`pɝfɪkt] adj. 完美的　　[pə`fɪkt] v. 使完美

記憶技巧 fect ＝作用，per-fect　表示徹底地產作好的作用。

例句：Banged hair is **perfect** for Lisa.　莉莎梳瀏海最適合。
He wants to **perfect** his skills in making noodles.
他想要讓他製麵的技術更加完美。

perfuse
[pə`fjuz] *v.* 佈滿；灑遍
記憶技巧 貫穿在空氣之中。

例句：The yellow liquid **perfuses** the bottle. 這黃色液體佈滿整個瓶子。

perfume
[`pɜfjum] *n.* 香水　　[pə`fjum] *v.* 噴香水
記憶技巧 貫穿在空氣中的香氣。

例句：Most women like wearing **perfume**. 大部份女人喜歡擦香水。

perspire
[pə`spaɪr] *v.* 流汗；使滲出
記憶技巧 貫穿出毛細孔。

例句：Jogging can make you **perspire**. 慢跑可讓你流汗。

perpetual
[pə`pɛtʃʊəl] *adj.* 永久的；無休止的；恆久不變的
記憶技巧 -tual＝形容詞字尾，就時間上，從頭到尾貫徹的。

例句：Diamond is **perpetual**. 鑽石是恆久不變的。

MP3

021 inter-

inter- ＝中；間；
相互；交互

internet
['ɪntəˌnɛt] *n.* 網路

記憶技巧 net ＝網子，inter-net 表示相互交錯複雜的網。

例句：**Internet** is a necessary tool for communication today.
網路是現今不可或缺的通訊工具。

interstate
[ˌɪntəˋstet] *adj.* 州際的；州與州的

聯想字：■interstate highway 州際公路 ■state [stet] *n.* 州

例句：You can take **interstate** highway to reach San Francisco.
你可以由州際公路到達舊金山。

internation - al
[ˌɪntəˋnæʃən!] *adj.* 國際的

記憶技巧 national ＝國家的，inter-nat-ion-al 表
示很多國家交互在裡頭。

聯想字：■nation [ˋneʃən] *n.* 國家

例句：China Airline is an **international** flight. 華航是國際性航班。

interval
[ˋɪntəv!] *adj.* 間隔；間距

記憶技巧 val ＝ wall（牆），穿插在其中的時間、空間、距離、
差異等。

例句：There are about ten feet between the **intervals**.
大概每十呎就有一個間隔。

interview

[ˈɪntə‚vju] *n.* 面談；面試；訪問

記憶技巧 view =看；觀察，inter-view 表示彼此交互著看。

聯想字：■ interviewer [ˈɪntəvjuə] *n.* 採訪者
　　　　■ interviewee [‚ɪntəvjuˋi] *n.* 接受訪問者

例句：You will be **interviewed** two days later.　二天後你將要去面試。

interpret

[ɪnˋtɜprɪt] *v.* 翻譯；口譯

記憶技巧 將某種語言用另一種語言表達，為翻譯的工作。

聯想字：■ interpreter [ɪnˋtɜprɪtə] *n.* 口譯人員，translator [trænsˋletə] *n.* 筆譯人員
　　　　■ translation [trænsˋleʃən] *n.* 筆譯，interpretation [ɪn‚tɜprɪˋteʃən] *n.* 口譯

例句：She is good at **interpreting** words in a modern light.
　　　她擅長以現代的觀點進行翻譯。

interact

[‚ɪntəˋrækt] *v.* 交互作用；互動

記憶技巧 act =行動，inter-act 為交互地行動。

例句：Oxygen and carbon dioxide can **interact**.　氧和二氧化碳會交互作用。

interaction

[‚ɪntəˋrækʃən] *n.* 交互作用；互相的影響

聯想字：■ action [ˋækʃən] *n.* 行動

例句：The **interaction** between teachers and students can make both
　　　teaching and learning more efficient.
　　　老師和學生之間的互動可讓彼此的教學和學習更加有效。

interrupt

[‚ɪntəˋrʌpt] *v.* 使中斷；阻礙

記憶技巧 rupt =破裂，inter-rupe 表示在其中打斷、中斷。

例句：The typhoon **interrupted** the electric signals.
　　　颱風中斷了電力訊號。

interruption

[‚ɪntəˋrʌpʃən] *n.* 中斷；阻礙

例句：The witness went on talking regardless of the several **interruptions**
　　　of the defense lawyer.
　　　雖然被告的律師屢次打斷，但這位證人仍滔滔不絕。

MP3

intersection

[ˌɪntɚˋsɛkʃən] *n.* 十字路口

記憶技巧 section ＝部份，inter-sect-ion　表示相互交錯的部份。

例句：Car accidents often take place at **intersections**.
車禍通常發生在十字路口。

interpersonal

[ˌɪntɚˋpɝsən!] *adj.* 人際的

記憶技巧 personal　*adj.* 個人的，inter-person-al
表示人與人之間的交互關係。

片語：interpersonal relations　人際關係

聯想字：■ person [ˋpɝsn] *n.* 人

例句：**Interpersonal** relations are an important lesson in today's society.
人際關係是現今社會中一項很重要的課題。

interfere

[ˌɪntɚˋfɪr] *v.* 介入；防礙；干擾

記憶技巧 fere＝ 敲打

聯想字：■ interference [ˌɪntɚˋfɪrəns] *n.* 妨礙；干擾

例句：Don't **interfere** in other people's affairs.　別干涉他人的事。

intervene

[ˌɪntɚˋvin] *v.* 介入；妨礙；干擾

記憶技巧 政府介入在其中。

片語：intervene between A and B　介入 A 與 B 之中

例句：The U.S **intervenes** between Taiwan and Mainland China.
美國介入台灣與中國大陸之間。

interrogate

[ɪnˋtɛrəˌget] *v.* 審問

記憶技巧 以前審問犯人時，關起大門（gate），交互（inter）審問，很恐怖（terror）。

例句：The policeman is **interrogating** the criminal.　警察正在審問犯人。

022 trans-

trans- ＝轉移；超越

translate

[træns`let] *v.* 翻譯

記憶技巧 late ＝遲的；晚的，trans-late　表遲一會兒就轉成
中文，遲一會兒就轉成英文。

translate ＝ interpret [ɪn`tɝprɪt]

聯想字：■ lately [`letlɪ] *adv.* 最近；近來

例句：Let me **translate** that article for you.　我來為你翻譯這篇文章。

tansit

[`trænsɪt] *v.* 通過；通行　*n.* 運輸

聯想字：■ mass [mæs] *adj.* 大量的　　■ rapid [`ræpɪd] *adj.* 快速的
　　　　■ MRT ＝ Mass Rapid Transit（大眾捷運）

例句：These goods were damaged in **transit**.（名詞）
　　　這些商品在運輸過程中損壞了。
　　　That truck needs to **transit** the fruit to Cananda.（動詞）
　　　那台貨車需要把水果載到加拿大。

MP3

transport/ transportation

['træns,pɔrt] *v. n.* 輸送；運輸
[,trænspə`teʃən] *n.* 輸送交通工具
記憶技巧 port ＝港口，trans-port 表示從 A 港口轉移到 B 港口。

聯想字：■ airport ['ɛr,pɔrt] *n.* 機場　　■ seaport ['si,pɔrt] *n.* 海港

例句：That truck **transports** petrol to another city.（動詞）
那台貨車載送石油到另一個城市。
Trucks are much used for **transport**.（名詞）　卡車常常多用於運輸。
It will be more convenient to take public **transportation** during the rush hour.　在尖峰時刻搭乘大眾交通工具會比較方便。

transfer

[træns`fɝ] *v.* 搬移；轉移；調職；轉車
記憶技巧 fer ＝搬運，trans-fer 表示從 A 搬至 B，從 A 轉至 B。

片語：transfer from A to B　從 A 轉至 B

例句：We'll **transfer** you from Taichung Hospital to Chung-Sun Hospital.
我們會把你從台中醫院轉到中山醫院。

transform

[træns`fɔrm] *v.* 變形
記憶技巧 form ＝形狀，trans-from 表示形狀轉變的意思。

例句：Mark has **transformed** his garage into a recording room.
馬克把他的車庫改裝成錄音間。

transact

[træns`ækt] *v.* 處理（事物）；進行（交易買賣）
記憶技巧 act ＝行動，trans-act 表示彼此業務轉移往來的行動。

片語：transact business with...　與……交易

例句：Microsoft is going to **transact** business with Acer.
微軟即將要跟宏碁交易。

transaction

[træn`zækʃən] *n.* 交易;處理

記憶技巧 action ＝行為,trans-action 表示一轉移的行為。

聯想字:■ act [ækt] *v.* 行動

例句:My boss attended to the **transaction** of important business himself.
我老闆親自處理重要生意。

transplant

[træns`plænt] *v.* 移植

記憶技巧 plant ＝種植,trans-plant 表示 A 轉植至 B。

例句:Please **transplant** the plants from the pot to the garden.
請將這些植物從花盆移植到花園。
The patient is waiting for a kidney to be **transplanted**.
這位病人正在等候腎臟的移植。

transmit

[træns`mɪt] *v.* 傳播;傳染;傳導

記憶技巧 mit ＝送,trans-mit 表示(疾病、知識、報導、光、電、能源等)從 A 轉移至 B。

例句:Pulmonary tuberculosis can be **transmitted** by air.
肺結核可藉由空氣傳染。

transient

[`trænʃənt] *adj.* 一時的;瞬間的;易變的

記憶技巧 -ent ＝形容詞字尾,trans-ient 表示轉眼間的意思。

聯想字:■ transiency [`trænʃənsɪ] *n.* 瞬間;片刻

例句:The dream is so **transient** that I can't remember it.
這夢瞬間而逝以致於我無法記起來。
She is **transient** just staying for three hours in Mexico.
她只是個待在墨西哥三小時的過境旅客。

MP3

023 sub-

sub- =下；在底下（under）

subway　地下鐵

subway　['sʌb,we]　*n.* 地下鐵
記憶技巧　way =路，sub-way　為在地下的鐵路。

submarine　['sʌbmə,rin]　*n.* 潛水艇
記憶技巧　marine 發音似 machine（機器），sub-marine
表示在水面下，像機器的一艘船。

聯想字：■ marine [mə`rin]　*adj.* 海洋的；海產的　*n.* 海產
　　　　■ marineer [`mærənə]　*n.* 水手= sailor ['selə]

subscribe　[səb`skraɪb]　*v.* 訂購；簽字
記憶技巧　scribe =書寫，sub-scribe　在西方訂購或認購必
須在下頭簽名；簽字是寫在文件的最下面。

片語：subscribe to + 書報、雜誌、Youtube channel……等（訂購/訂閱雜誌、
Youtube 的頻道等）

聯想字：■ script [skrɪpt]　*n.* 腳本；手寫　■ scribble [`skrɪb!]　*v.* 塗鴉

例句：We decided to **subscribe** to Reader's Digest.
我們決定訂購讀者文摘。

sub-conscious

[sʌb`kɑnʃəs] *adj.* 下意識的；潛意識的

記憶技巧 conscious ＝有知覺意識的，sci ＝知道，sub-con-sci-ous 表示潛在下頭的意識。

聯想字：■ conscience [`kɑnʃəns] *n.* 良心；天良
　　　　■ unconscious [ʌn`kɑnʃəs] *adj.* 無意識的

例句：Commercials mean to create consumers' **subconscious** impulse.
電視、網路廣告就是要去製造消費者的下意識衝動。

subside

[səb`saɪd] *v.* 平息；（洪水）退去；（船）沉下

記憶技巧 side ＝邊，sub-side 表示往下邊走的意思。

例句：The passions **subside** after getting married.　結婚後，激情退去。

substitute

[`sʌbstə,tjut] *v.* 代替　*n.* 代理人；候補者；代替品

記憶技巧 表示在下頭準備去取代之意。

片語：substitute A for B　用 A 來取代 B；a substitute for A　A 的一項代替品

聯想字：■ constitute [`kɑnstə,tjut] *v.* 構成；成立
　　　　■ institute [`ɪnstətjut] *n.* 協會；學校

例句：We **substitute** margarine for butter.　我們以人造奶油代替奶油。
Mr. Peterson is a **substitute** for the teacher on vacation.
彼得森先生代替了正在度假的老師。

substance

[`sʌbstəns] *n.* 本質；實質；物質

記憶技巧 stance 是由 stand（站；位於）而來，-ance ＝名詞字尾，sub-stance 表示位於其下，不易察覺的存在物質。

聯想字：■ substantial [səb`stænʃəl] *adj.* 實質的；重大的

例句：Water, ice and steam are the same **substance**.
水、冰、蒸氣是相同的物質。

MP3

subtract

[səb`trækt] *v.* 減去;扣除

記憶技巧 tract ＝拉,sub-tract 表示數字／數量往下拉的意思。

subtract A frm B 從 B 減去 A,B 減 A

聯想字: ■ traction [`trækʃən] *n.* 拉;牽引 ■ attraction [ə`trækʃən] *n.* 吸引力

例句:2 **subtracted** from 10 leaves (=equals) 8.

從 10 減 2,則留下(等於)8。

subordinate

[sə`bɔrdnɪt] *adj.* 下級的;附屬的;部屬的 *n.* 部屬;
屬下

記憶技巧 表示臣服在他人之下之意。

聯想字: ■ ordinary [`ɔrdn͵ɛrɪ] *adj.* 一般的

例句:This sentence serves as a **subordinate** sentence.

這個句子為附屬子句。

subsequent

[`sʌbsɪ͵kwɛnt] *adj.* 隨後的;繼起的 *adv.* 其後地;隨後地

記憶技巧 表示隨後往下而來的意思。

聯想字:■ subsequence [`sʌbsɪ͵kwɛns] *n.* 隨後;繼起

例句:The **subsequent** event occurred two days later.

兩天後,後繼事件發生。

They fell in love with each other; **subsequently**, they got married.

他們彼此相愛,接著就結婚了。

subject

[`sʌbdʒɪkt] *n.* 主旨;主觀;主詞(文法上);科目 *v.* 使隸屬

記憶技巧 ject- ＝射,sub-ject 表示在其下所要射出去的觀念。

聯想字:■ inject [ɪn`dʒɛkt] *v.* 注射 ■ object [`ɑbdʒɪkt] *n.* 物體;受詞

■ jet [dʒɛt] *v.* 噴射;射出

例句:Please focus on the **subject**. 請注意於主題。

Japan **subjected** Taiwan to its rules after the Sino–Japanese
War of 1895.

1895 年甲午戰爭之後台灣隸屬於日本的統治。

subtropical

[sʌbˋtrɑpɪk!] *adj.* 亞熱帶的

記憶技巧 tropical ＝熱帶的，sub-tropic-al 表示以熱度來看，在熱帶之下之意。

聯想字：■ tropical plant 熱帶植物

例句：Southern Taiwan is located in the subtropical area.
南台灣位於亞熱帶氣候。

subtitle

[ˋsʌb,taɪt!] *n.* 副標題；小標題

記憶技巧 title ＝標題，sub-title 表示大標題之下的標題。

例句：The title of the article is "My years in jail", and the **subtitle** is "Now I am free."
這篇文章的標題是「我獄中的生活」，而其副標是「我現在自由了」。

subtle

[ˋsʌt!] *adj.* 敏銳的；微妙的；難以捉摸

記憶技巧 在表面之下，難以言喻，難以區分的。

例句：It is hard to tell the difference, because there's a **subtle** distinction.
因為只有細微的差別，所以很難分辨不同。

MP3

024 de-

de- ＝往下，想像水滴，滴……滴……
滴……往下，「滴」發音似英文的 de。

decide [dɪ`saɪd] *v.* 下決定
記憶技巧 往下快切，cide 發音像「殺」。

聯想字：■ decision [dɪ`sɪʒən] *n.* 決定

deceive [dɪ`siv] *v.* 欺騙；詐騙
記憶技巧 receive ＝接收；收到，de-ceive 表示用下流的手段
拿取，詐騙人家的東西之意。

detail [`ditel] *n.* 細節
記憶技巧 tail ＝尾巴，de-tail 表示往下說到尾巴了的意思。

片語：in detail 詳細地

define [dɪ`faɪn] *v.* 下定義
記憶技巧 fine ＝很好地，把定義下得好好的（fine）。

聯想字：■ fine [faɪn] *adj.* 美好的 *n.* 罰金；罰款 *v.* 處以罰金；罰款
■ definition [ˌdɛfə`nɪʃən] *n.* 定義

例句：Dictionaries are good tools to **define** words.
字典是給詞下定義的好工具。

definite

[`dɛfənɪt] *adj.* 確定的；明確的

記憶技巧 表示下定義一定是確定的、明確的；美國人很喜歡誇張地用 definitely 來表示 yes。

聯想字：■ definitely [`dɛfənɪtlɪ] *adv.* 明確地

例句：Tomorrow is the deadline to give a **definite** answer.
明天是截止日，必須給予明確的答案。

decrease

[dɪ`kris] *v.* 減少

記憶技巧 表示數字、數量往下降的意思。

聯想字：■ increase [ɪn`kris] *v.* 增加

例句：The population has been **decreasing** in the country since 1980.
自從 1980 年以來鄉村的人口一直在減少。

destroy

[dɪ`strɔɪ] *v.* 毀壞；毀滅

記憶技巧 stroy 長得像 story（故事），de-stroy 聯想往下毀滅的故事。
destroy = destruct = ruin 毀壞

例句：The flood **destroyed** the crops. 洪水毀壞了農作物。

defect

[dɪ`fɛkt] *n.* 缺陷；短處；缺點

記憶技巧 為人的往下之處的意思。

聯想字：■ perfect [`pɝfɪkt] *adj.* 完美的

例句：Stuttering is a speech **defect**. 口吃是一種言語的缺陷。

descend

[dɪ`sɛnd] *v.* 下降

記憶技巧 為往下而來之意。

聯想字：■ ascend [ə`sɛnd] *v.* 上升

例句：An angel **descends** from heaven. 天使從天而降。

descendant

[dɪ`sɛndənt] *n.* 子孫

記憶技巧 -ant =「人」的字尾，de-scend-ant 表示一代一代往下。

聯想字：■ offspring [`ɔf,sprɪŋ] *n.* 子孫

MP3

describe

[dɪ`skraɪb] *v.* 描述

記憶技巧 scribe＝書寫，de-scribe 表示把心想的下筆書寫表達出來之意。

例句：It is hard for me to **describe** how beautiful the scenery is.
我好難去描述這風景有多麼的優美。

destruct

[dɪ`strʌkt] *v.* 炸毀；毀壞

記憶技巧 為往下摧毀之意。
destruct ＝ destroy ＝ ruin 毀壞

聯想字：■ instruct [ɪn`strʌkt] *v.* 教導；指令
　　　　■ construct [kən`strʌkt] *v.* 建造；建設

例句：The bomb **destructed** an airplane in the air.
炸彈炸毀了空中的飛機。

decay

[dɪ`ke] *v.* 腐爛；衰退；退化

記憶技巧 表示狀況往下的意思。

片語：decayed tooth 蛀牙

聯想字：■ decline [dɪ`klaɪn] *v.* 下降；下沉；傾斜

例句：Brush your teeth every day; otherwise, you will have a **decayed** tooth. 每天要刷牙，否則你會有蛀牙。

declare

[dɪ`klɛr] *v.* 宣告；公告；聲明

記憶技巧 clare 發音像似 clear（清楚），de-clare 表示向下大聲去說清楚的意思。

聯想字：■ clear [klɪr] *adj.* 清晰明顯的　　■ clarify [`klærə,faɪ] *v.* 澄清；變得明晰

例句：President Bush **declared** war on terrorists.
布希總統對恐怖份子宣戰。

dedicate

[`dɛdə,ket] *v.* 以……奉獻；以……供奉

記憶技巧 表示親自屈下委身的意思。

片語：dedicate oneself to... ＝ devote oneself to... 致力於……；奉獻於……

聯想字：■ dedicated [`dɛdə,ketɪd] *adj.* 專注的；獻身的

例句：The scientist **dedicates** himself to scientific reserch for all his life.
這位科學家終生致力於科學的研究。

degenerate

[dɪˋdʒɛnə,ret] v. 衰退;墮落;變壞

記憶技巧 generate＝產生,de-generate 表示往下不好的產生。

例句：Too much wealth easily makes human beings **degenerate**.
過多的財富容易使得人墮落。

degrade

[dɪˋgred] v. 降級;免職

記憶技巧 grade＝級;年級;成績,de-grade 表示級數往下。

例句：The colonel was **degraded** for his drunken driving.
因喝酒駕車,這上校被降級。

delay

[dɪˋle] v. 延級;使延期 n. 延遲;耽擱

記憶技巧 lay＝放置,de-lay 表示時間往下推延。
delay＝postpone＋Ving(動名詞)
＝put off 延遲

例句：Don't **delay** calling him up. 別延遲打電話給他。

depreciate

[dɪˋpriʃɪ,et] v. 貶值;降低

記憶技巧 表示價值往下。

聯想字：■appreciate [əˋpriʃɪ,et] v. 增值 n. 感謝

例句：NT dollars **depreciate** today. 今天台幣貶值。

depict

[dɪˋpɪkt] v. 描畫;敘述

記憶技巧 pict 聯想到 picture(圖畫),de-pict 表示寫下心中的圖畫。

例句：The prairie life in the 19th century was **depicted** in this novel.
這本小說刻畫著 19 世紀大草原的生活。

depress

[dɪˋprɛs] v. 使沮喪;使消沉;使心灰意冷

記憶技巧 press＝按;壓,de-press 表示使心情往下壓。

例句：The outcome of the examination **depressed** her.
考試的結果令她沮喪。

depressing

[dɪ`prɛsɪŋ] *adj.* 令人沮喪的

記憶技巧 -ing ＝形容詞字尾

聯想字：■ depressing news　令人沮喪的消息

例句：It's another piece of **depressing** news.　又是一件令人沮喪的消息。

depressed

[dɪ`prɛst] *adj.* 感到沮喪的

記憶技巧 -ed ＝形容詞字尾，de-press-ed　表示修飾「人」，感到沮喪。

例句：Business is **depressed** and so are people.
　　　商業蕭條，人們亦是鬱悶。

depression

[dɪ`prɛʃən] *n.* 意氣消沉；沮喪

記憶技巧 -ion ＝名詞字尾

片語：Great Depression　經濟大蕭條

例句：Great **Depression** took place in the 1930's.
　　　經濟大蕭條發生在 1930 年代。

develop

[dɪ`vɛləp] *v.* 使發達；使成長；發展

記憶技巧 表示往下演展下去。

例句：The films were **developed** in the dark room.
　　　照片在暗房裡頭沖洗。
　　　Their friendship **develops** into love bit by bit.
　　　他的友誼漸漸地發展成愛情。

devastate

[`dɛvəs,tet] *v.* 蹂躪；破壞；使荒蕪

記憶技巧 -ate ＝動詞字尾，表示往下很大的破壞之意。

025 counter- / countra-

counter- / countra- = 相反；相對抗。counter 與 contra 音相近，放在字首為相反、相對抗的意思。

counter　[`kaʊntə]　*n.* 櫃檯　*v.* 反對；反抗

聯想字：■ counteract [ˌkaʊntə`ækt]　*v.* 抵消；抵制；抵抗

例句：I **countered** the plan.　我反對這計畫。
Even a good swimmer can't swim fast against **counter** tides.
甚至好的游泳者都無法在逆流時游得很快。

counteraction　[ˌkaʊntə`ækʃən]　*n.* 抵消；抵制；反作用

例句：Students hate tests so much that the teacher gives them awards as a **counteraction**.
學生非常厭惡考試，老師給予獎品抵消學生對考試之應用。

counterclockwise　[ˌkaʊntə`klɑk,waɪz]　*adj.* 逆時鐘方向的

聯想字：■ clock [klɑk]　*n.* 時鐘　　■ clockwise [`klɑk,waɪz]　*adj.* 順時鐘方向的

例句：Does the typhoon rotate **counterclockwise** or clockwise?
這颱風是逆時鐘或是順時鐘轉呢？

counterfeit

[`kaʊntəˌfɪt] *vt.* 偽造　　*n.* 贗品；偽造物　　*adj.* 偽造的

聯想字：■ fake [fek] *n.* 贗品　*v.* 偽造

例句：It is not a real bill but a **counterfeit**.　這不是真鈔，是假鈔。

contradict

[ˌkɑntrə`dɪkt] *v.* 與……相反；與……相牴觸

記憶技巧 dict ＝說；寫

聯想字：■ predict [prɪ`dɪkt] *v.* 預言；預報

例句：What he said **contradicted** the fact.
他說了與事實相反的話。

contrary

[`kɑntrɛrɪ] *adj.* 相反的　　*n.* 反面

記憶技巧 -ary ＝形容詞字尾

例句：The weather report predicted rain; on the **contrary**, it was a sunny day.
氣象預報有雨，相反地卻是艷陽天。

contrast

[`kɑnˌtræst] *n.*　　　[kən`træst] *v.* 對照；對比

例句：The heat in the tropics and the cold in the Arctic provide a striking **contrast**.
熱帶地區的熱和北極的冷提供了一個強烈的對比。
His brother's success **contrast** with his failure.
他兄弟的成功與他的失敗成對比。

026 com- ／ con- ／ co-

com- ／ con- ／ co- ＝ 一 起
（together），因發音的關係會
選擇其中之一，若後面緊接的
字母是 b ／ m ／ p 唇音，則是
com（因 com 的 m 也是唇音）。

想像日語和國語的「乾杯」，
很像英文 combine，兩個合併
在一起。

combine
[kəm`baɪn] *v.* 聯合；結合
記憶技巧 bine 源自於 bind（綁），com-bine 表示結合在一起，綁在一起。

例句：Oil can not **combine** with water.　油與水無法結合。

common
[`kɑmən] *adj.* 共同的；共有的
記憶技巧 表示大家一起擁有的。

例句：Math and English are **common** subjects at school.
數學和英文是學校的共同科目。
Twins have a lot in **common**.　雙胞胎有很多共通之處。

company
[`kʌmpənɪ] *n.* 同伴；友伴；公司
記憶技巧 表示你我在一起，是同伴、友伴；大家一起組成公司之意。

片語：keep company with 人　與某人結為友伴
聯想字：■ companion [kəm`pænjən] *n.* 伴侶；朋友
例句：Thank you for your **company**.　謝謝你的陪伴

MP3

combat

[`kɑmbæt] *v.* 打鬥；戰鬥

記憶技巧 bat ＝棒球棍；蝙蝠，com-bat 表示拿棒球棍一起打。

例句：They **combat** with the enemy for their rights.
為了權益他們與敵人作戰。

communicate

[kə`mjunə,ket] *v.* 溝通；聯絡

記憶技巧 -ate ＝動詞字尾，com-munic-ate 表示大家一起聯絡。

片語：communicate with 人　與某人溝通、聯絡

聯想字：■ community [kə`mjunətɪ] *n.* 社區；團體

例句：Remote villagers can not **communicate** with outsiders owing to the disconnection of electricity.
因電力的中斷，偏遠地區的村民無法與外界的人聯絡。

compass

[`kʌmpəs] *n.* 圓規；指南針

記憶技巧 pass ＝透過；經過，com-pass 表示一起共有一圓心，通過 360° 的意思。

例句：I drew a circle with a pair of **compasses**.
我用了圓規畫了一個圓。

compassion

[kəm`pæʃən] *n.* 同情

記憶技巧 表示對於別人的感受，能一起體會。

聯想字：■ passionate [`pæʃənɪt] *adj.* 易動感情的

例句：We have **compassion** for the family of these victims.
我們同情受難者的家屬。

compete

[kəm`pit] *v.* 戰爭；比賽

記憶技巧 大家一起來屁（pete）。

片語：compete with 人 for...　與某人競爭……；比賽……

聯想字：■ competitive [kəm`pɛtətɪv] *adj.* 競爭性的
　　　　■ competition [,kɑmpə`tɪʃən] *n.* 競爭；比賽
　　　　■ competitor [kəm`pɛtətə] *n.* 競爭者；敵手

例句：He **competes** with other **competitiors** for the gold medal.
他與其他的競爭者競爭金牌。

compare

[kəm`pɛr] *v.* 比較

記憶技巧 放在一起比較。

片語：compare A with ／ to B　A 和 B 做比較

　　　compare A to B　把 A 比喻成 B

聯想字：■ prepare [prɪ`pɛr] *v.* 比較

例句：**Compared** with the sun, the earth is rather small.

　　　與太陽比較，地球相當小。

　　　Life is often **compared** to a voyage.

　　　人生通常被比喻為航程。

compile

[kəm`paɪl] *v.* 編輯；編製

記憶技巧 pile ＝積；堆，com-pile　表示把一堆東西合併整理在一起的意思。

例句：They are **compiling** an English-Chinese dictionary.

　　　他們正在編輯一本英漢字典。

compress

[`kɑmprɛs] *v.* 壓縮

記憶技巧 press ＝壓；按；壓迫，com-press　表示壓在一起。

聯想字：■ compressor [kəm`prɛsə] *n.* 壓縮機

例句：The air is **compressed** into the container.

　　　空氣被壓縮在此容器裡。

com -promise

[`kɑmprə,maɪz] *v.* 妥協；折衷；和解

記憶技巧 promise ＝約定；承諾，com-pro-mise　表示大家一起約定折其衷的意思。

例句：The couple **compromise** with each other on the decision.

　　　這對夫妻在決定上彼此妥協。

compose

[kəm`poz] *v.* 組成；構成；作曲

記憶技巧 pose ＝姿勢；在適當位子擺姿勢，com-pose 表示把音符或一些事物一起擺在適當的位子。

片語：be composed of... = be made up of... 由……組成
= consist of... = contain = comprise

聯想字：composer [kəm`pozə] *n.* 作曲家

例句：Great Britain is **composed** of England, Scotland and Wales.
大不列顛是由英格蘭、蘇格蘭、威爾斯所組成。

composition

[,kɑmpə`zɪʃən] *n.* 作文

記憶技巧 position ＝位子；地點，com-posit-ion 表示文字放置一起在適當位置，即作文。

concert

[`kɑnsət] *n.* 音樂會

記憶技巧 表示大家一起來聽音樂。

conclusion

[kən`kluʒən] *n.* 結論；完結

記憶技巧 表示一起做個總結。

聯想字：■ inclusion [ɪn`kluʒən] *n.* 包括；包含

例句：After hours' discussion, they came to a **conclusion**.
經過幾小時的討論，他們做了結論。

concrete

[`kɑnkrit] *n.* 混凝土 *adj.* 混凝土的；凝結的；具體的

記憶技巧 表示沙、石、水泥加在一起。

例句：The building was built of steel and **concrete**.
這建築物由鋼筋和混凝土所建造。
Nouns contain abstract and **concrete** nouns.
名詞包括抽象和具體名詞。

condition

[kən`dɪʃən] *n.* 情況；條件

記憶技巧 表示各情形加在一起。

例句：The used car is still in a good **condition**. 這部二手車狀況仍不錯。

conductor

[kən`dʌktə] *n.* 車掌；指揮；導體（傳導熱、電流等）

記憶技巧 duct＝引導，con-ductor 表示引導大家一起。

聯想字：conduct [kən`dʌkt] *v.* 引導；傳導

例句：Metal is the best **conductor**. 金屬是最佳導體。

confidence

[`kɑnfədəns] *n.* 信任；自信

記憶技巧 fid＝信任，-ence＝字尾，con-fid-ence 表示信心加在一起。

例句：We have **confidence** to win the game. 我們有信心贏得比賽。

confusion

[kən`fjuʒən] *n.* 混亂；迷亂

記憶技巧 表示事物熔化混在一起。

聯想字：confused [kən`fjuzd] *adj.* 感到困惑的

例句：The explosion threw them into **confusion**. 這個爆炸使他們陷入一片混亂。

congratulate

[kən`grætʃə,let] *v.* 祝賀

記憶技巧 大家一起來祝福。

聯想字：congratulation [kən,grætʃə`leʃən] *n.* 恭賀

例句：We **congratulate** him on going to the best college.
我們恭賀他上了一所最好的大學。

connection

[kə`nɛkʃən] *n.* 連結；關係

記憶技巧 nect＝neck（脖子），-tion＝名詞字尾

例句：She has **connection** with the tycoon. 她與這位大亨有關連。

conquer

[,kɑŋkə] *v.* 征服；克服

記憶技巧 quer＝尋求；獲得，con-quer 表示使別人跟從你，與你一起。

例句：How great it is to **conquer** others with love!
用愛來征服別人多麼棒啊！

MP3

consent

[kən`sɛnt] *n. v.* 同意；答應

記憶技巧 sent ＝送，con-sent 表示共同一起送去的一致看法。

例句：He **consented** that he should make an effort to finish his study.
他同意應該努力完成學業。
Silence gives **consent**.　沉默即是同意。

consequence

[`kɑnsə,kwɛns] *n.* 結果；影響；重要性

記憶技巧 表示某行為之後所產生一起的結果。

聯想字：■ subsequence [`sʌbsɪ,kwɛns] *n.* 後繼；接下

例句：He should answer for the **consequence**.　他應為後果負責。

consider

[kən`sɪdə] *v.* 考慮；認為

記憶技巧 side　*n.* 邊；面，多方面（多邊）的一起考量。

聯想字：■ think [θɪŋk] *v.* 想

例句：My father **considers** going to Europe.　父親考慮去歐洲。

constant

[`kɑnstənt] *adj.* 不變的；持久的

聯想字：■ instant [`ɪnstənt] *adj.* 瞬間　■ constantly [`kɑnstəntlɪ] *adv.* 時常地

例句：I am **constantly** invited for dinner.　我常被邀請晚餐。

constitute

[`kɑnstə,tjut] *v.* 構成

記憶技巧 表示很多要素加在一起＝ make up（組成）。

例句：Sixty minutes **constitute** an hour.
60 分鐘構成 1 小時。

construction

[kən`strʌkʃən] *n.* 構造；建築

記憶技巧 表示鋼筋水泥加在一起。

聯想字：■ instruct [ɪn`strʌkt] *v.* 指導

例句：The new city hall is under **construction**.　新的市政廳正在建造中。

condom

[ˋkɑndəm] *n.* 保險套

記憶技巧 dom 發音像是「等嗯」要做那件事,表示兩人得「一起」先「等嗯」用了保險套,再做吧!

例句:In order to prevent against AIDS, it becomes essential to use **condoms**.
預防愛滋病,使用保險套變得十分重要。

content

[ˋkɑntent] *n.* 內容　　[kənˋtɛnt] *v.* 使滿足　*adj.* 滿足的

記憶技巧 tent =帳棚,content 表示以前的遊牧民族,將能滿足他們之事物一起放在帳棚裡。

例句:Please show me the **contents** of your bag.
請給我看你袋子裡頭有什麼東西。

continent

[ˋkɑntənənt] *n.* 洲;中陸

記憶技巧 tin =容納、保持,con-tin-ent 表示極大片的土地加一起。

例句:Many countries on the European Continent used to colonize the Dark **Continent**.
在歐洲大陸的許多國家過去曾殖民黑暗大陸(非洲)。

contribute

[kənˋtrɪbjut] *v.* 捐助;貢獻;促成

記憶技巧 tribute =進貢;禮物,con-tribute 表示一起給予。

例句:The poor widow **contributes** to the charity regularly.
這個窮寡婦固定捐助給慈善機構。

convenient

[kənˋvinjənt] *adj.* 便利的

記憶技巧 ven/vent/veni 集合,-ient = 形容詞字尾,con-ven-ient 很多集加一起,就很方便的意思。

聯想字:■ convenience [kənˋvinjəns] *n.* 便利;方便
片語:convenience store　便利商店

MP3

conversation

[ˌkɑnvəˈseʃən] *n.* 談話；對話

記憶技巧 verse ＝詩文；韻文，con-vers-ation 表示二人以上一起談話。

cor-respond

[ˌkɔrɪˈspɑnd] *v.* 符合；通信

cor ＝ co ＋重複後面單字的第一個子音 r

記憶技巧 spond ＝回應，cor-re-spond 表示彼此一起回應。

聯想字：■ respond [rɪˈspɑnd] *v.* 回應

例句：What he said did not **correspond** with what he did. 他言行不一。
She is **corresponding** with a pen pal in New York.
她正與紐約的一個筆友通信。

colleague

[kɑˈlig] *n.* 同事；同僚 col ＝ co ＋重複後面單字的第一個子音 l

記憶技巧 league ＝聯盟，col-league 表示聯盟在一起做事的人。
colleague ＝ coworker （一起工作的人）

co-incident

[koˈɪnsədənt] *adj.* 相符合的；同時發生的

記憶技巧 incident ＝事件，co-in-cid-ent 表示發生在一起的事件。

聯想字：■ accident [ˈæksədənt] *n.* 事件

例句：Your idea is **coincident** with mine. 你的想法與我符合。
The two car accidents are **coincident**. 兩個車禍同時發生。

cooperate

[koˈɑpəˌret] *v.* 合作；協力

聯想字：■ operate [ˈɑpəˌret] *v.* 工作；操作；運轉
■ cooperation [koˌɑpəˈreʃən] *n.* 合作；協力

例句：We need an employee who is willing to **cooperate** with colleagues.
我們需要是能與同事合作的員工。

字
首

026

027 sym- / syn-

sym- / syn- ＝相同（same）

symbol　象徵

symbol
[`sɪmb!] *n.* 象徵；標誌
記憶技巧 表示與某事物是相同意義的代表。

例句：The Golden Gate Bridge is the **symbol** of San Francisco.
金門大橋是舊金山的象徵。
The bald eagie is the **symbol** of the USA.
白頭鷹是美國的象徵。

symphony
[`sɪmfənɪ] *n.* 交響樂；交響曲
記憶技巧 phon ＝聲音，-y ＝名詞字尾，sym-phon-y 表示眾多樂器彈奏成為一個相同的樂曲（聲音）。

例句：Taipei **Symphony** Orchestra is well-known in Taiwan.
台北市交響樂團在台灣十分有名。

sympathy
[`sɪmpəθɪ] *n.* 同情；同情心
記憶技巧 path ＝小徑；路徑，-y ＝名詞字尾，sym-path-y 表示與他人能有相同的心情及體會。

例句：The film aroused **sympathy** for the orphans.
這影片喚起對孤兒的同情。

MP3

sympathize

[ˋsɪmpə͵θaɪz] *v.* 同情
記憶技巧 -ize ＝形容詞字尾

例句：I **sympathized** heartedly with him.　我由衷同情他。

symptom

[ˋsɪmptəm] *n.* 症狀
記憶技巧 表示疾病所帶給患者相同的症狀。

例句：The **symptoms** of AIDS may not appear until many years after one is infected.
一個人感染愛滋病後，可能好多年之後症狀才出現。

synonym

[ˋsɪnə͵nɪm] *n.* 同義字
記憶技巧 -onym ＝名，syn-onym 表示相同的字。

例句："Pretty" is a **synonym** of "beautiful."
美麗與漂亮是同義字。

synthesis / synthetic

[ˋsɪnθəsɪs] *n.* 綜合體；綜合／[sɪnˋθɛtɪk] *adj.* 綜合的；人造的
記憶技巧 表示合在一起成為相同一物；人所造出來的，卻幾乎與天然的相同。

例如：synthetic rubber　人造的橡膠
synthetic ＝ artificial ＝ man-made　人造的

例句：Plastic is produced by **synthesis**.
塑膠是合成製成的。
Their belief is a **synthesis** of various religions.
他們的信仰是多種宗教的綜合體。
"**Synthetic**" means "not natural."
人造（合成）的意思是「不是天然的」。

028 di- ／ dis-

di- ／ dis- ＝去除（apart）；分離（away）

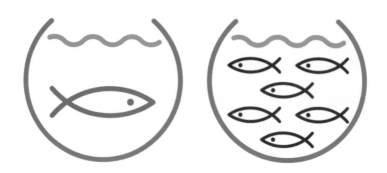

distinct

[dɪ`stɪŋkt] *adj.* 不同的；區別的；獨特的

記憶技巧 表示與眾分離而不同，有所區別。

聯想字：■ extinct [ɪk`stɪŋkt] *adj.* 絕種的　■ instinct [`ɪnstɪŋkt] *n.* 本能；直覺

例句：Physicians are **distinct** from surgeons.　內科醫師有別於外科醫生。

distract

[dɪ`strækt] *v.* 分散（心、注意）

記憶技巧 tract ＝拉引，dis-tract　表示拉引開，而分離注意力。

聯想字：■ subtract [səb`trækt] *v.* 減；扣除
　　　　■ attraction [ə`trækʃən] *n.* 吸引力；誘惑

例句：Children are easily **distracted**.　小孩容易分心。

different

[`dɪfərənt] *adj.* 不同的；相異的

記憶技巧 fer ＝搬運

片語：A be **different** from B ＝ A differ from B　A 異於 B

聯想字：■ difference [`dɪfərəns] *n.* 不同；相異

例句：Western cultures are **different** from Eastern ones.
　　　東西方文化不同。

MP3

digest

[daɪˋdʒɛst] *v.* 消化；文摘

記憶技巧 表示使食物在腹裡分離化。

聯想字：■ suggestion [səˋdʒɛstʃən] *n.* 意見；建議

例句：I referred to a **digest** of Roman laws.　我參考了羅馬法典摘要。
You don't need to **digest** the article but to skim it.
你不須要消化吸收這篇文章，只要略讀。

diffuse

[dɪˋfjuz] *v.* 散光；擴散　*adj.* 散佈的；散漫的

記憶技巧 fuse　*n.* 保險絲　*v.* 熔斷；熔化，di-ffuse　表示光線、熱氣味等往外分離。

聯想字：■ confuse [kənˋfjuz] *v.* 使困惑

例句：The factory **diffuses** a strange smell.　這家工廠散佈一種強烈的氣味。

discrimination

[dɪ,skrɪməˋneʃən] *n.* 歧視；差別待遇；區別

記憶技巧 crime ＝犯罪，criminal ＝罪犯

片語：racial discrimination　種族歧視

聯想字：■ discriminate [dɪˋskrɪmə,net] *v.* 歧視；分別

dismiss

[dɪsˋmɪs] *v.* 使退去；使解散

記憶技巧 表示使大家各自分離。

聯想字：■ dismissal [dɪsˋmɪs!] *n.* 退去；解散

dispel

[dɪˋspɛl] *v.* 驅散；驅除

記憶技巧 表示迫使離開。

聯想字：■ compel [kəmˋpɛl] *v.* 強迫

例句：The wind **dispelled** the clouds.　風驅散了雲。

dispose

[dɪˋspoz] *v.* 排列；配置

記憶技巧 pose ＝姿勢；位置

諺語：Man proposes; God **disposes**.　盡人事，聽天命；謀事在人，成事在天
聯想字：■ propose [prəˋpoz] *v.* 提議
例句：Be careful to **dispose** of waste.　小心處理廢棄物。

distinguish

[dɪ`stɪŋgwɪʃ] *v.* 分別；區別

片語：distinguish A from B = tell A from B 分辨 A 和 B

聯想字：■ distinguished [dɪ`stɪŋgwɪʃt] *adj.* 顯著的；傑出的
　　　　■ extinguish [ɪk`stɪŋgwɪʃ] *v.* 滅火

例句：Can you **distinguish** a frog from a toad?
　　　你能分辨青蛙和蟾蜍嗎？

district

[`dɪstrɪkt] *n.* 地區；管區

記憶技巧 strict *adj.* 嚴格的，dis-trict 為了行政、司法、教育
等等的管理，土地嚴格的**劃分**。

片語：district court 地方法院

聯想字：■ court [kort] *n.* 法院

例句：Every postal **district** has its zip code.
　　　每一個郵政區域都有郵政區代號。

discuss

[dɪ`skʌs] *v.* 討論；商討

記憶技巧 cuss 由 cut（切）演變而來，把事情**切**分成好幾部份來
討論。

例句：They **discuss** how to solve the problem.
　　　他們討論如何解決這個問題。

dispense

[dɪ`spɛns] *v.* 分配（藥）；分送

記憶技巧 **分離**送出。

例句：The Red Cross **dispensed** alms to the refugees.
　　　紅十字會分配救濟品給難民。

distribute

[dɪ`strɪbjʊt] *v.* 分配；分發

記憶技巧 tribute ＝給予

聯想字：■ contribute [kən`trɪbjut] *v.* 貢獻；捐獻

例句：The principal **distributed** the prizes to the winners.
　　　校長將獎品發給獲勝者。

MP3

display

[dɪˋsple] v. 展開;陳列;展示

記憶技巧 play =玩;扮演;演奏(樂器、音樂等),dis-play 表示分開扮演來展示。display = exhibit。

聯想字:■ exhibit [ɪgˋzɪbɪt] v. 展示陳列 n. 展覽品;陳列物

例句:Various bathing suits are **displayed** in the shop window.
各樣式的泳裝被展示在櫥窗。

distance

[ˋdɪstəns] n. 距離

記憶技巧 stance 由 stand(站立)而來,di-stance 表示分開站在不同的地方,就形成一個距離。

聯想字:■ stance [stæns] n. 擊球所站立的位置
■ distant [ˋdɪstənt] adj. 遠方的;遙遠的

例句:The **distance** from here to the train station is 2 miles.
從這裡到火車站的距離是 2 英哩。

diverge

[daɪˋvɝdʒ] v. 路線分歧;背離

記憶技巧 verge =邊界,di-verge 路線分開;分界。

例句:Don't **diverge** into another topic.　別偏離主題。

digress

[daɪˋgrɛs] v. 離題(說話、文章)

記憶技巧 分離主題。

聯想字:■ progress [prəˋgrɛs] v. 進步

例句:May I **digress** from my topic for a moment?
容許我幾分鐘的題外話嗎?

diverse

[daɪˋvɝs] adj. 不同的;多種的

記憶技巧 verse =詩;文;章節,di-verse 表示分成很多的不同。diverse = different = various

聯想字:■ diversity [daɪˋvɝsətɪ] n. 多樣性

例句:**Diverse** cultures are united into American culture.
不同的文化結合而成為美國文化。

divide

[dəˋvaɪd] *v.* 分開；分割；（數學上）除

記憶技巧 表示使事物分開。

聯想字：■ division [dəˋvɪʒən] *n.* 分割；除法

例句：20 divided by 4 is 5.　20 被 4 除等於 5（20 除以 4 等於 5）。

dissolve

[dɪˋzalv] *v.* 溶解；分解；解除（關係、婚姻等）

記憶技巧 表示東西、事物的分離。

聯想字：■ solve [salv] *v.* 解決（困難問題等的解決）

例句：Boiling water **dissolves** sugar.　沸水溶解糖。
　　　They **dissolve** their marriage.　他們解除了婚約。

029 auto-

auto- =自動的；自行的；自己的

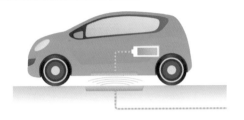

automobile [`ɔtəmə,bɪl] *n.* 汽車
記憶技巧 mobile =移動的；動的

聯想字：■ mobile phone = cell phone　行動電話

autobio-graphy [,ɔtəbaɪ`ɑgrəfɪ] *n.* 自傳
記憶技巧 biography =傳記，auto-bio-graph-y
表示自己寫自己的傳記。

聯想字：■ graph [græf] *n.* 曲線圖；圖表

automatic [,ɔtə`mætɪk] *adj.* 自動的

片語：automatic teller machine（ATM）自動提款機
聯想字：■ automatically [,ɔtə`mætɪklɪ] *adv.* 自動地，-ly =副詞字尾。

autocracy [ɔ`tɑkrəsɪ] *n.* 獨裁；專制
記憶技巧 cracy 政體；制度，auto-cracy 表示自己一人
決定一切的政體。

聯想字：■ autocratic [,ɔtə`krætɪk] *adj.* 獨裁專制的
■ democracy [dɪ`mɑkrəsɪ] *n.* 民主
■ democratic [,dɛmə`krætɪk] *adj.* 民主的

autonomy [ɔ`tɑnəmɪ] *n.* 自治；自治權
記憶技巧 表示自己來治理。

聯想字：■ autonomous [ɔ`tɑnəməs] *adj.* 自治的

030 n- ／ sn-

n- ／ sn- ＝與鼻子有關（發鼻音）

nose [noz] *n.* 鼻子

聯想字：■noise [nɔɪz] *n.* 噪音　■nosily [`nozɪlɪ] *adv.* 吵雜地

nostril [`nɑstrɪl] *n.* 鼻孔

nap [næp] *n.* 小睡
記憶技巧 表示小睡時，鼻子會發出聲音。

片語：take a **nap** = have a **nap**　小睡；打盹
例句：Taking a **nap** renews my energy.　小睡一會兒能補充我的體力。

sneer [snɪr] *v.* 嘲笑；冷笑；嗤之以鼻

例句：Don't **sneer** at one's religion.　不要嘲笑一個人的宗教信仰。

snore [snor] *v.* 打呼
記憶技巧 表示打呼時鼻子會發出聲音。

例句：His **snoring** woke up his wife.　他的打鼾吵醒他的妻子。

snarl [snɑrl] *v.* 咆哮
記憶技巧 表示狗露出牙齒，發出鼻哮聲。

例句：The snarling dog looks fierce.　這隻咆哮的狗看起來兇猛。

MP3

字首

030

snorkel

[ˋsnɔrk!] v. 浮潛

記憶技巧 表示潛水時要用呼吸管來讓鼻子呼吸。

聯想字：■ go snorkeling　去浮潛（不用背氧氣桶的）
　　　　■ scuba diving　潛水（要背氧氣桶的）

sniff

[snɪf] v. 表示以鼻子吸氣且發出聲音。

聯想字：■ smell [smɛl] n. 氣味　v. 聞起來
例句：The dog **sniffed** the bone.　狗狗嗅了這骨頭。

sneeze

[sniz] v. 打噴嚏

聯想字：■ 表示鼻子噴出東西。
例句：When someone **sneezes**, you are supposed to say to him "God bless you."
當某人打噴嚏時，你應向他說「上帝祝福你」。

snuff

[snʌf] v. 嗅；吸鼻咽

例句：The drug user **snuffed** cocain.　這吸毒者用鼻吸古柯鹼。

snooze

[snuz] v. 打盹；小睡

記憶技巧 z 字母常表示睡覺的符號，snooze ＝ nap。

例句：Grandmother has a **snooze** after lunch.　祖母午餐後小睡片刻。
She is **snoozing** in the armchair.　她正在扶手椅上打盹。

snoopy

[ˋsnupɪ] adj. 好窺探的

記憶技巧 -y ＝形容詞字尾，有一隻相當有名氣的卡通狗名叫
Snoopy，此名可聯想狗用鼻子「嗅」來窺探。

聯想字：■ snoop [snup] v. 窺探
例句：She **snoops** around.　她到處窺探。
She is **snoopy**.　她好窺探。

• 117 •

031 for- ／ fore-

for- ／ fore- ＝在前；在先

forehead 額頭 ......

be-fore [bɪ`for] *conj. pre.* 在……之前

聯想字：■ fore-tooth 門牙

例句：**Before** she got the doctoral degree, she had given birth to 3 children.
在她獲得博士學位之前，她已經生過三個小孩。
Before her birthday, her husband selected a scarf for her.
她生日之前，她丈夫為她挑選了一條披巾。

forecast [`for,kæst] *n.* 預測；預料　　[for`kæst] *v.* 預示；預測

聯想字：■ cast [kæst] *v. n.* 投；擲

例句：The weather **forecast** predicts rain for tomorrow.
氣象預報明天會下雨。
The weather reporter **forecasts** cloudy skies for tomorrow.
氣象播報員預告明天烏雲密佈。

MP3

forefather

[ˋfor͵faðə] *n.* 先人；祖先

例句：The Chinese worship their **forefathers**.　中國人祭拜他們的祖先。

forehead

[ˋfor͵hɛd] *n.* 額頭

聯想字：■ head [hɛd] *n.* 頭

foremost

[ˋfor͵most] *adj.* 最先的；最前的；第一流的

聯想字：■ most [most] *adj. adv.* 最多的；最高程度的
例句：He is one of the **foremost** musicians.　他是一流的音樂家之一。

forerunner

[ˋfor͵rʌnə] *n.* 先驅；先鋒；前兆；祖先
記憶技巧 -er＝「人」的字尾

聯想字：■ runner [ˋrʌnə] *n.* 賽跑者；信差
例句：Dark clouds are **forerunners** of storms.
　　　烏雲是暴風雨的前兆。

foresee

[forˋsi] *v.* 預見

聯想字：■ see [si] *v.* 看見
例句：We can **foresee** his success.　我們可以預見他的成就。

foresight

[ˋfor͵saɪt] *n.* 先見之明；深謀遠慮

聯想字：■ sight [saɪt] *n.* 視力；眼界；視覺；風景；名勝
例句：He is a man who has **foresight**.　他是個有遠見的人。

forward

[`fɔrwəd] *adj.* 往前的　*adv.* 往前地　*v.* 轉遞；轉寄

片語：backward and forward = back and forth　來回地
　　　= up and down
　　　= to and fro

例句：He walked backward and **forward**.
　　　他來回地走來走去。
　　　I moved to a new apartment, so I asked the post office to **forward** my letters.
　　　我搬至新的公寓，所以我要求郵局轉遞信件。

forth

[forθ] *adv.* 往前地

例句：The truck hurried back and **forth** between Taichung and Kaohsiung.
　　　這輛卡車來往地趕行於台中和高雄之間。

foretell

[for`tɛl] *v.* 預言
記憶技巧　tell ＝告訴，fore-tell ＝ predict

例句：A prophet is endowed by God to **foretell** what may happen in the future.
　　　神賦予先知能力，能預言未來可能發生的事。

MP3

032 mini- ／ min-

mini- ／ min- ＝小

mini skirt　迷你短裙

mini

[`mɪnɪ] *adj.* 迷你的

聯想字：■mini skirt 迷你裙　　■mini dog 迷你狗　　■mini car 迷你車

例句：**Mini** skirts were very popular in the 1950's.
迷你裙在 1950 年代很受歡迎。

miniature

[`mɪnɪətʃə] *n.* 小畫像；縮圖；縮影
adj. 微細的；小規模的

記憶技巧 -ature ＝名詞字尾，聯想到 picture（照片；圖片；畫），mini-ature 表示小小的圖畫、縮小的圖之意。

例句：John has a **miniature** of the Khufu Pyramid.（名詞）
強尼有一個卡夫卡王金字塔的縮圖。

This is the **miniature** scale map of Yellowstone National Park.
這是黃石國家公園的縮小比例圖。

minimum

[ˋmɪnəməm] *n.* *adj.* 最低限度；最小量

聯想字：■ maximum [ˋmæksəməm] *n.* 最大限度；最大量

例句：This Italian restaurant has its **minimum** charge.（名詞）
這家義大利餐廳有它最低收費。
We should try to reduce the garbage to minimum.（名詞）
我們應該試著將垃圾量減到最低。

minimal

[ˋmɪnəml] *adj.* 最低限度；極小的
記憶技巧 -al ＝形容詞字尾

例句：Will 15,000 dollars be enough for a **minimal** deposit?
一萬五千元作最低存款夠了嗎？

minimize

[ˋmɪnə͵maɪz] *v.* 使減低最小量；使減低到最低限度
記憶技巧 -ize ＝使……化，動詞字尾。

例句：In order to **minimize** our garbage, we must have it recycled.
為了減少我們的垃圾，我們必須做回收。

minor

[ˋmaɪnə] *adj.* 次要的；副修的；未成年的　*v.* *n.* 副修

片語：minor in...（*v.*）　副修……；major in...（*v.*）　主修……

例句：That millionaire only left a **minor** share of his wealth to his son.
那個百萬富翁只留給他兒子一小部分的財產。
Nina **minors** in German and Italian at college.
妮娜在大學輔修德文和義大利文。

minor-ity

[maɪˋnɔrətɪ] *n.* 少數；少數黨派；少數民族
記憶技巧 -ity ＝名詞字尾

聯想字：■ majority [məˋdʒɔrətɪ] *n.* 多數

例句：The **minority** submits to the majority.　少數服從多數。

MP3

minute

[ˋmɪnɪt] *n.* 分鐘　　[marˊnjut] *adj.* 細小的

記憶技巧 時間的小單位

例句：I could hardly wait for another **minute**. 我簡直等不及了。
His writing is so **minute** that we can't read it.
他的字跡如此小以致於我們無法閱讀。

minus

[ˋmaɪnəs] *prep.* 減　　*n.* 負號；減號　　*adj.* 負的；零下的

聯想字：■plus [plʌs] prep. 加

片語：A minus B is C　A 減 B 等於 C；A plus B is C　A 加 B 等於 C

例句：Ten **minus** three is seven.（prep.）十減三等於七。
Be sure that there is a **minus** in front of the number.（名詞）
確定這數字前面有個負號。
Today's temperature will be **minus** 5℃.（形容詞）
今天的氣溫會是攝氏零下五度。

字根

033 sign

sign ＝符號；記號；簽名

sign<u>ature</u>　簽名

sign　標誌

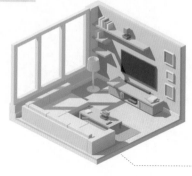

de<u>sign</u>　設計

sign
[saɪn] *n.* 標誌；符號　*v.* 簽名

聯想字：■traffic signs　交通標誌

例句：A **sign** on the freeway shows the speed limit.
高速公路上的標誌顯示速度的限制。
Peter **signs** his name on the contract.　彼得在合約上簽名。

assign
[ə`saɪn] *v.* 分派；分配
記憶技巧 表示對工作範圍做記號，做為分派的依據。

例句：My teacher **assigns** a project for me to do.
我的老師分配一份企劃工作讓我去做。

assignment
[ə`saɪnmənt] *n.* 作業；分配；分派
記憶技巧 assignment ＝ homework　作業
西方學生的作業，常是老師分配不同的範圍給
不同的學生去做觀察或研究。

例句：The **assignment** assigned by the teacher is very interesting.
老師所分配的作業十分有趣。

MP3

signal

[ˋsɪgn!] *n.* 信號；暗號

記憶技巧 表示有意義的符號。

例句：There are many traffic **signals** on the street.
在街道上有許多的交通號誌。

design

[dɪˋzaɪn] *n. v.* 設計

記憶技巧 de- ＝在……下面，de-sign 表示在設計品下面簽名。

例句：The **designer** designs man's jacket.
這位設計師設計男士的外套。

signature

[ˋsɪgnətʃə] *n.* 簽名；簽署

記憶技巧 表示西方人的簽名，像是做記號，通常其他人無法辨識。

例句：This agreement needs your own **signature**.
這份協議書需要你本人簽名。
The **signatures** on the agreement show a binding relationship between the two parties who sign it.
協議上的簽署顯示簽名的兩造（雙方）有著約束的關係。

signify

[ˋsɪgnə͵faɪ] *v.* 意味；顯示；表示著……意義

記憶技巧 -fy ＝動詞字尾，sign-i-fy 表示給予符號，就像是給予意義。

significant

[sɪgˋnɪfəkənt] *adj.* 重要的；重大的

記憶技巧 -ant ＝形容詞字尾，fic 表「做」，sign-i-fic-ant 表示做一個標誌、符號，代表很重要。

例句：The test result shows a **significant** improvement.
考試的結果證明有極大的進步。

sent ＝送

send [sɛnd] *v.* 送
記憶技巧 動詞三態——send／sent／sent

例句：Paul **sends** a picture to his parents. 保羅寄送一張照片給他的雙親。

present [ˋprɛznt] *n.* 禮物 [ˋprɪˋzɛnt] *v.* 呈獻；提出
記憶技巧 pre- ＝在……之前，pre-sent 表示送到人家面前，叫做禮物；將東西送到大家面前；有時老師不考試，但會要求學生在課堂中做口頭報告，即是 presentation（名詞）及 present（動詞）。

例句：Melody receives a **present** from her parents.
美樂蒂收到一份父母親的禮物。
John **presents** her with a bunch of red roses.
約翰送她一束紅玫瑰花。

presentation [ˌprɪzɛnˋteʃən] *n.* 呈獻；提出；演出；表現

聯想字：■oral presentation 口述報告

例句：The award **presentation** was done according to the schedule.
頒獎的儀式依照節目時間表已完成。

MP3

sentence

[ˋsɛntəns] *n.* 句子；宣判；判決　*v.* 宣判；判決

記憶技巧 -ence ＝名詞字尾，sent-ence　表示把內心的意思送出去成一個句子；法官把決議送出去。

例句：A good **sentence** dosen't have to be a long one.
佳句不一定要長。
The court **sentenced** the criminal to a 10–year imprisonment.
法院判定此犯人監禁十年。

assent

[əˋsɛnt] *v.* 贊成；同意

記憶技巧 表示送出內心的許可。

例句：His father **assents** to his choice of becoming an athlete.
他父親贊成他要當運動員的選擇。

consent

[kənˋsɛnt] *v.* 同意；贊成；答應

記憶技巧 con- ＝一起，con-sent　表示送出內心與大家一致的看法。

聯想字：■ consensus [kənˋsɛnsəs] *n.* 共識；一致的看法

例句：The United States Senate **consents** to the declaration of war.
美國參議院贊成宣戰。

resent

[rɪˋzɛnt] *v.* 怨恨；憎恨

記憶技巧 re- ＝回；再一，re-sent　表示一而再的把不愉快的事情往心裡回送，就會產生強烈的怨恨。

例句：Tony **resents** being called a monster.
東尼很討厭別人叫他怪獸。

035 sample

sample ＝樣本；樣

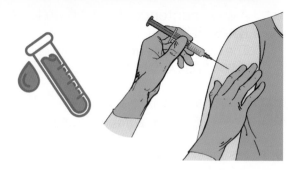

example

[ɪgˋzæmp!] *n.* 例子；實例

記憶技巧 ex- ＝往外；出（out），前面 ex 的 x 發音 [ks]，已有 [s] 的音，所以字根 sample（樣本）此處省略最前面的 s。ex-ample 表示拿出樣本為例。

例句：Presenting **examples** in the meeting is helpful for people to understand.　開會時提出例子有助於人們去理解。

resemble

[rɪˋzɛmb!] *v.* 相像

記憶技巧 re- ＝再一次。字根 sample 和單字後面的 semble 發音類似，只是母音 a 轉為 e，無聲子音 p 轉為有聲子音 b。re-semble 表示再一次重覆相同的樣子。

片語：A resemble B ＝ A be like B ＝ A take after B ＝ A look like B
A 像 B（不可用被動語態）

例句：His behaviors **resemble** his father's.　他的行為很像他父親 。

assemble

[əˋsɛmb!] *v.* 集合；集會；裝配；組合

記憶技巧 將有同樣目的或功能的人聚集起來；把各樣的零件合在一起。

例句：Joe **assembles** bicycle parts in his garage.
喬伊在他的車庫裡將腳踏車的零件組合起來。

MP3

phon／phone

phone ＝聲音（sound）

telephone 電話

telephone
[`tɛlə,fon] *n.* 電話

記憶技巧 tele-＝遠，tele-phone 表示可以傳達聲音至遠處的一個器具。

例句：The **telephone** is a great tool of communication.
電話是很棒的聯絡工具。

phonics
[`fɑnɪks] *n.* 字母發音學

記憶技巧 表示教發音的一門學科。

聯想字：■ phonetics [fo`nɛtɪks] *n.* 語音學

例句：**Phonics** unlocks the secret of pronunciations.
字母拼音教學法開啟了發音的秘訣。

microphone
[`maɪkrə,fon] *n.* 麥克風

記憶技巧 micro-＝小……；微……。micro-phone 表示將微小聲音擴大。

聯想字：■ microwave [`maɪkro,wev] *n.* 微波爐

例句：**Microphone** magnifies sound. 麥克風能擴大音量。

symphony
[`sɪmfənɪ] *n.* 交響樂；交響曲

記憶技巧 sym-＝same（相同），sym-phon-y 表示眾多聲音放在一起成為和諧相同的曲調。

例句：The Boston Orchestra performs tonight. 波士頓交響樂團今晚演出。

037 stand／stan／sta

stand／stan／sta＝站；立正；立於

stand　立正 ·················

stand [stænd] *v.* 站；立正

聯想字：■ sit up late = stay up late　熬夜

stance [stæns] *n.* 站立的姿勢；立場；觀點
記憶技巧 stance 由 stand 演變而來，stance 表示分開位於在不同的地方就形成一個距離。

例句：What's your **stance** on nuclear power plants?
你對核能發電廠抱持什麼立場？
Everyone appreciates his **stance** when he is pitching the ball.
每個人都很欣賞他投球的姿勢。

standard [`stændəd] *n.* 標準
記憶技巧 表示憲兵站出來時，身高有一定的標準。

例句：**Standard** English helps us understand people from all over the world.
標準英文有助於我們了解世界不同地方的人們。

MP3

statue [`stætʃʊ] *n.* 雕像
記憶技巧 表示一個人的形像被立在某處。

片語：The Statue of Liberty　自由女神像

status [`stetəs] *n.* 地位
記憶技巧 表示在社會中的立足點。

例句：His marital **status** is single.　他的婚姻狀況是單身。

distance [`dɪstəns] *n.* 距離
記憶技巧 di- =去除；分離，di-stance　表示分開位於在不同的地方就形成一個距離。

片語：at a distance　在稍遠之處；keep a distance　保持距離
例句：Tim is a long **distance** runner.　提姆是個長跑選手。

distant [`dɪstənt] *adj.* 遠方的；遠親的

片語：in the distantce　在遠處

station [`steʃən] *n.* 車站；臺；所；局
記憶技巧 表示建築物立在一個特定的位置。
police station　警察局
gas station = filling station　加油站

例句：A gas **station** is a frequent scene on the freeway.
我們常在公路上看到加油站。

station -ary [`steʃən,ɛrɪ] *adj.* 不動的；靜止的
記憶技巧 -ary =形容詞字尾。

聯想字：■ stationery [`steʃən,ɛrɪ] *n.* 文具，字尾是 ery，請勿混淆。

circumstance [`sɝkəm,stæns] *n.* 情況；環境
記憶技巧 circum- =圓圈（circle），stance =站立（stand）

例句：Be ready to adapt yourself to the changing **circumstances**.
隨時準備調整你自己去適應改變中的環境。

038 bat

bat ＝棒球棍；用棒球棍打

bat [bæt] *n.* 蝙蝠；棒球棍 *v.* 用球棒（球拍）打（球）

例句：The baseball **bat** is used for hitting the baseball.
棒球棍是用來打棒球的。
Who will **bat** next? 下一位由誰來打擊？

batter [`bætə] *n.* 打擊者 *v.* 連續猛擊
記憶技巧 -er ＝「人」的字尾

例句：Someone is **battering** at the door. 有人正在猛力地敲門。

battle [`bæt!] *n.* 戰役
記憶技巧 bat-tle 表示在古代打仗使用棍棒之意。

例句：A **battle** is a smaller scale of a war. 戰役是小規模的戰爭。

battery [`bætərɪ] *n.* 電池
記憶技巧 表示蓄了電的電池，像是已備戰的狀態之意。

例句：A lot of tools require **batteries**. 許多工具需要電池。

MP3

battleship

[ˋbæt!ˌʃɪp] *n.* 戰艦

聯想字：■ ship [ʃɪp] *n.* 大船；艦　　■ boat [bot] *n.* 小船；舟

例句：A **battleship** was a major force during World War II.
　　　第二次世界大戰時期，戰艦是主要的武力。

combat

[ˋkɑmbæt] *v.* 戰鬥；搏鬥　　*n.* 戰鬥；格鬥

記憶技巧 com- ＝一起，com-bat　表示大家拿棒球棍一起打的意思。
台灣有一個提神飲料品牌叫做「康貝特」，康貝特＝
combat → 讓你增加「戰鬥」力，這不是置入性行銷哦！

例句：**Combat** means fighting enemy in a closer range.
　　　格鬥的意思是較近距離與敵人博鬥。
　　　The **combat** between good and evil never ends.
　　　善與惡之間的爭戰永不停息。
　　　The Indians beat the drum before **combating** the Union soldiers.
　　　印地安人在與聯軍（北軍）作戰之前，擊鼓提高士氣。

beat

[bit] *v.* 打擊

片語：A beat B　A 打敗 B，beat ＝ defeat　打敗；擊敗

debate

[dɪˋbet] *v.* 辯論；討論
記憶技巧 表示與人唇槍舌戰之意。

字根

mo／mot／mov ＝動

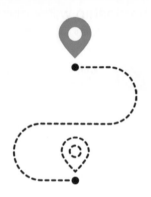

move　[muv] *v.* 移動；搬家；搬動

聯想字：■ motive　[`motɪv]　*adj.* 起動的；推動的
　　　　■ movement　[`muvmənt]　*n.* 活動；移動

例句：She moves her chair to the next room.
　　　她將椅子移至隔壁房間。

movie　[`muvɪ] *n.* 電影
記憶技巧 表示把照片快速轉動。

例句：We watched a touching **movie** last weekend.
　　　上星期我們看了一場感人的電影。

remove　[rɪ`muv] *v.* 去除；將……免職
記憶技巧 re- ＝再，re-mov-e　表示再次移動它，就是除去、挪開。

例句：The general was removed from his post.　這位將軍被革職。

MP3

remote

[rɪ`mot] *adj.* 遙遠的

記憶技巧 表示再次移動得更遠。

例句：Landing our spaceship on Mars is still a **remote** goal.
我們太空船要登陸火星仍是一個遙遠的目標。

motor

[`motɚ] *n.* 發動機；電動機

記憶技巧 motor 有時音譯為「馬達」，表示使其動的機器。

聯想字：■ motorcycle [`motɚ,saɪk!] *n.* 摩托車

例句：John assembles a **motor** onto his bicycle.
約翰在他的腳踏車上組裝一個馬達。

motivation

[,motə`veʃən] *n.* 動機

記憶技巧 表示內心所動的意念。

例句：**Motivation** motivates people to act. 動機促使人們去行動。

motion

[`moʃən] *n.* 移動

片語：in motion 移動中

例句：Another name for movies is called **motion** pictures.
電影的另一名稱就叫做移動的照片。

emotion

[ɪ`moʃən] *n.* 情感；情緒

記憶技巧 e 是由 ex 演變而來的，ex- = 出，e-mo-tion 表示
把內心所動表現出來。

例句：Human **emotion** is a complicated issue.
人類的情感是一項非常複雜的議題。

emotion -al

[ɪ`moʃən!] *adj.* 易受感動的；感情強烈的；激動的

記憶技巧 e-mo-tion-al 表示很容易表現出內心所動之意。

例句：Mary is an **emotional** person. 瑪麗是個很情緒化的人。

mob

[mɑb] *n.* 暴民

記憶技巧 表示參與暴動的人民。

聯想字：■ flash mob　快閃族

例句：The unemployed people turn into a **mob**.
這些失業者變成了暴民。

mobile

[`mobɪl] *adj.* 移動的

聯想字：■ mobile phone = cell phone = cellular phone　行動電話
　　　　■ automobile [`ɔtəmə,bɪl] *n.* 汽車（自動會動的車，不靠人力）

promote

[prə`mot] *v.* 升級；晉升

記憶技巧 pro- ＝往前，pro-mote　表示職位往前移動了。

例句：He is **promoted** to be a manager of the trading company.
他被晉升為這家貿易公司的經理。

loco-motive

[,lokə`motɪv] *n.* 火車頭　*adj.* 運動的

記憶技巧 loc ／ loco ＝ local（地方的；當地的），
motive ＝起動的；動機，loco-mot-ive　表
示火車頭→起動從一個地方到另一個地方。

例句：A **locomotive** is a propelled engine that moves railroad cars.
火車頭是一個驅動火車車廂前進的發動機。

MP3

geo ＝土地，發音像是「雞鴨」
（geo），養雞鴨需有「土地」。

geo - graphy [`dʒɪ`ɑgrəfɪ] *n.* 地理；地理學

記憶技巧 graphy ＝記錄，geo-graph-y 表示記錄有關
地球、土地的一門學問。

例句：**Geography** is the study of the earth and life distribution.
地理（學）是研究地球與生物分佈的一門學科。

geo - logy [dʒɪ`ɑlədʒɪ] *n.* 地質學

記憶技巧 -ology ＝……科學；學問

例句：**Geology** is the scientific study of the earth's crust.
地質學是研究地殼的科學。

geometry [dʒɪ`ɑmətrɪ] *n.* 幾何學

記憶技巧 metry 與 meter（公尺）有關，geo-metry 表示治
理埃及尼羅河氾濫時，研究一種測量土地的科學。

例句：**Geometry** is a study of points, lines and angles.
幾何學是一門研究點、線和角度的學問。

circle ／ cycle ／ cycl

circle ＝圓；畫圓；cycle ／ cycl ＝循環。

circle　圓

cycle　循環

circle

[`sɝk!] *n.* 圓　*v.* 畫圓；盤旋

例句：The eagle **circles** in the sky.　老鷹在天空盤旋。
　　　Children, please sit in a **circle**.　小朋友們，請坐成一個圓圈。

cycle

[`saɪk!] *n.* 循環　*v.* 循環；輪轉；騎腳踏車

聯想字：■ vicious cycle　惡性循環

例句：The four seasons revolve in a cycle.　四季交替循環不息。

recycle

[ri`saɪk!] *v.* 回收；再利用

記憶技巧　re- ＝回；再一，re-cycle　表示回去，再一次循環使用。

例句：The paper company **recycles** old newspapers.
　　　這家紙廠回收舊報紙。

MP3

cyclone [`saɪklon] *n.* 氣旋；旋風
記憶技巧 表示旋轉的風，lone 發音像是「隆」，隆隆旋轉的風
→氣旋、旋風。

例句：The **cyclone** brings lots of rain and wind. 旋風帶來大量的風雨。

motorcycle [`motə,saɪk!] *n.* 摩托車
記憶技巧 motor＝馬達，motor-cycle 表示靠馬達讓輪子
循環地轉之意。

例句：For foreigners to ride **motorcycles** in Taiwan is very exciting.
對外國人而言，在台灣騎機車是十分刺激的。

circus [`sɝkəs] *n.* 馬戲團
記憶技巧 馬戲團通常是圓形的棚子架起來的。

例句：The ground for performance in the **circus** is circular.
馬戲團所表演的場地是圓形的。

circuit [`sɝkɪt] *n.* 電路；回路
記憶技巧 表示電路循迴一周的意思。

例句：Electricity travels in a cable **circuit**.
電流在電纜的電路中運行。

circulate [`sɝkjə,let] *v.* 循環
記憶技巧 -ate＝動詞字尾

例句：Blood **circulates** in the blood vessels. 血液在血管中循環。

circulation [,sɝkjə`leʃən] *n.* 循環；流通；發行量

片語：in circulation 在通行、發行、流通中
聯想字：■blood circulation 血液循環
例句：The New York Times has a large **circulation**.
紐約時報擁有很大的發行量。

circumstance

[`sɝkəm,stæns] *n.* 情況；環境；情勢

記憶技巧 stance ＝站立的姿勢；立場，circum-stance 表示站立在或位於四周環繞。

circumstance ＝ surroundings ＝ environment　環境

例句：The political cirumstance has recently changed.
近來政治環境已經改變了。

encyclopedia

[ɪn,saɪklə`pidɪə] *n.* 百科全書

記憶技巧 en-=cover 包含；涵蓋，cycl=circle 循環；環繞，-pedi= 腳。涵蓋環繞各領域，包括宇宙、四季、人的身體的各種循環，從頭到腳都包含的一本書。

例句：My **encyclopedia** is like a dictionary that provides answers for many subjects.　我的百科全書就像一本字典，以提供各種主題的答案。

tricycle

[`traɪsɪk!] *n.* 三輪車

記憶技巧 tri- ＝三個（three），tri-cycle　表示三個輪子循環地轉。

例句：Peter loves to ride his **tricycle**.
彼得喜歡騎他的三輪車（三輪腳踏車）。

vehicle

[`viɪk!] *n.* 陸上交通工具（指的是車輛；運載工具）

記憶技巧 icle 與 cycle（循環）有關，veh-icle　表示靠輪子循環轉動的所有交通工具之總稱。

例句：Transportation becomes easier when a **vehicle** is available.
有車輛可使用，交通變得較便利了。

bicycle

[`baɪsɪk!] *n.* 腳踏車

記憶技巧 bi- ＝兩，cycle ＝循環；週期，bi-cycle　表示兩個輪子循環地轉。

例句：A **bicycle** is made up of many parts.　腳踏車是由許多零件組成。

MP3

part ＝分開；一部份

party　派對

apart　分開的

part　[pɑrt]　*n.* 部份　*v.* 分手；分開

例句：They tried to part the two fighters.
　　　他們試著去將二個打架的人拉開。

party　[`pɑrtɪ]　*n.* 黨派；派對
記憶技巧　表示因著不同的理想或興趣，在社會中形成一部份的團體。
　　　民主進步黨→ D.P.P（Democratic Progressive Party）
　　　國民黨→ K.M.T（Kuomintang）音譯
　　　台灣民眾黨→ T.P.P（Taiwan People's Party）

例句：He doesn't join any political **party**.　他沒有加入任何政黨。

particular　[pəˋtɪkjələ]　*adj.* 特別的
記憶技巧　-ular ＝形容詞字尾，part-ic-ular　表示與其他分
　　　開自成一部分 → 特別地的意思。
　　　particular ＝ special ＝ peculiar

片語：in particular ＝ particularly　特別地
例句：He possesses a **particular** skill.　他擁有特殊專長。

particle

[`pɑrtɪk!] *n.* 分子；粒子

記憶技巧 -icle ＝小的，名詞字尾，表示把一個東西分成很小很小的部份。

例句：Sand is a small **particle**.　沙子是細小的顆粒。

participate

[pɑr`tɪsə,pet] *v.* 參加；參與

記憶技巧 cip ＝拉丁原文為 take，ate ＝動詞字尾，part-i-cip-ate　表示成為某團體的一部份。

片語：participate in ＝ take part in　參與……

例句：We will **participate** in the meeting on Sunday.
我們將參加星期日的聚會。

apart

[ə`pɑrt] *adj.* 分開地；有距離地

片語：take something apart　把東西拆開

例句：We live far **apart** from each other.
我們彼此住得很遠。

apartment

[ə`pɑrtmənt] *n.* 公寓

記憶技巧 -ment ＝名詞字尾，a-part-ment　表示一棟建築物分做好幾部份。

例句：About half of the Americans live in **apartments**.
大約有 1/2 的美國人住在公寓。

depart

[dɪ`pɑrt] *v.* 出發；分離；離開

記憶技巧 de- ＝分，de-part　表示與人分開各自一部份。

聯想字：■ depart from...　從某地離開
　　　　■ depart for...　前往某地

例句：The bus **departs** on time.　這部巴士準時出發。

MP3

department

[dɪˋpɑrtmənt] *n.* 部門；科系

記憶技巧 de-part-ment　表示把機構、學校、商店分開成不同的部份。

例句：There are many **department** stores in the mall.
這家大型的購物中心有好多家百貨公司。

departure

[dɪˋpɑrtʃə] *n.* 離開；出發；起程

聯想字：■ departure time　離境時間　　■ boarding time　登機時間

例句：Terminal B is the place for airbus **departure**.
空中巴士在 B 航廈離境。

compartment

[kəmˋpɑrtmənt] *n.* 隔間；劃分（火車；船艙）的小房間

記憶技巧 com- ＝一起，com-part-ment　表示一部份、一部份地合在一起。

例句：The **compartment** in the airplane can store passengers' belongings.
飛機上的隔間置物櫃可以存放旅客的東西。

043 bar

bar ＝橫木；木條

bar　橫木 ⋯⋯⋯⋯⋯⋯⋯⋯⋯⋯

bar [bɑr] *n.* 橫木；木條
　記憶技巧　表示在古代的時候，門是靠木條閂住的。

聯想字：■a bar of chocolate　一條巧克力　　■ice cream bar　雪糕
　　　　　■a bar of gold　一塊黃金

例句：She can eat up twenty chocolate **bars**.
　　　她能吃光 20 條巧克力。

barring [`bɑrɪŋ] *prep.* 除了⋯⋯之外
　記憶技巧　表示用木條把某些東西排除在外之意。
　　　　　　barring ＝ except ＝ but　介詞

例句：**Barring** injury, he can be killed by racing cars on the street.
　　　除了受傷之外，他可能被街上的飆車撞死。

barrel [`bærəl] *n.* 木桶
　記憶技巧　表示最早期木桶是一條一條的木塊組成的。

例句：The barrel contains oil.　這個木桶裝了油。

MP3

barren

[`bærən] *adj.* 不孕的；貧瘠的　*n.* 不毛之地

記憶技巧 發音似中文的「別人」，「別人」不孕、「別人」貧瘠；
人不孕，就彷彿生殖器被木條栓住的意思。

例句：The desert is a **barren** place.　沙漠是不毛之地。
A **barren** woman used to be despised.
不孕的婦人以前是會被藐視的。

barrier

[`bærɪr] *n.* 藩界；阻礙柵；籬；障礙

記憶技巧 表示用木條一片片圍起來的意思。

例句：The enemy has crossed the defense **barrier**.
敵人已經超過防衛藩界。

字根

043

044 point

point ＝指；點

point [pɔɪnt] *v.* 指　*n.* 點

片語：to the point　中肯；切題；扼要
　　　off the point　離題的；不對題的
　　　point out　指出

例句：He **points** his finger at the sea.　他將指頭指向大海。

view-point [ˋvju͵pɔɪnt] *n.* 觀點

記憶技巧　view　*n.* 視野；看法　*v.* 觀看；察看
　　　　viewpoint ＝ point of view ＝ standpoint　觀點

例句：We all have our own **viewpoint**.
　　　我們每個人都有自己不同的觀點。

pointed [ˋpɔɪntɪd] *adj.* 尖銳的；尖的

記憶技巧　-ed ＝形容詞字尾；point-ed　表示尖尖的一點。

聯想字：■a pointed beak　鳥的尖嘴

例句：Birds have **pointed** beaks.　鳥有尖尖的嘴。

MP3

pointer [ˋpɔɪntə] *n.* 指示物；指示
記憶技巧 -er =名詞字尾。

例句：The **pointer** on the road sign points to the right direction.
這路標的指示指向正確的方向。

appoint [əˋpɔɪnt] *v.* 指派；任命
記憶技巧 表示指點人去做…… → 指派、任命

例句：The teacher **appoints** her to help correct the homework.
老師指派她去幫忙改作業。

appointed [əˋpɔɪntɪd] *adj.* 指定的
記憶技巧 -ed =過去分詞當形容詞（被……的），
ap-point-ed 表示被指派的意思。

例句：The **appointed** captain did a good job.
這被派任的隊長完成了任務。

appointment [əˋpɔɪntmənt] *n.* 約會；約定
記憶技巧 表示地點、地點等的指出。

例句：I have a doctor's **appointment** today.
今天我與醫生有約。

dis-appoint [ˏdɪsəˋpɔɪnt] *v.* 使失望
記憶技巧 dis- =否定，appoint =指派，dis-ap-point
表示沒有被指派到做官，就會很失望。

片語：A be disappointed in B　A 對 B 感到失望
例句：The late arrival of the bus **disappoints** many passengers.
巴士遲到使許多乘客失望。

dis-appointment [ˏdɪsəˋpɔɪntmənt] *n.* 失望
記憶技巧 dis- =否定，appointment =約會，
dis-ap-point-ment 表示沒有人約
會，就會失望。

例句：To my **disappointment**, he didn't show up.
令我失望的是，他並沒有出現。

045 port

port ＝港口；搬運

export　出口 ⋯⋯⋯⋯

import　進口 ⋯⋯⋯⋯

port　港口 ⋯⋯⋯⋯

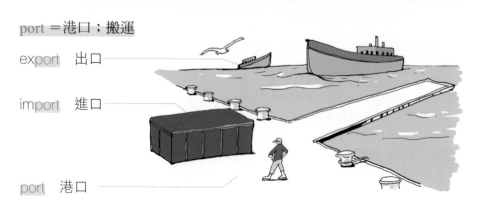

porter ［`portɚ］ *n.* 腳夫；搬運工人；挑夫

記憶技巧 表示以前在港口為旅客搬運東西的人，今日包含所有打雜或搬運的工人。

例句：The **porter** hurts his back. 這挑夫背部受傷了。

portable ［`portəbl］ *adj.* 可攜帶的；手提的

記憶技巧 -able ＝可⋯⋯的，port-able　表示（可從 A 港到 B 港）可以搬運。

聯想字：■portable computer 手提式電腦

例句：The **portable** air conditioner is very economic convenient.
手提式冷氣機非常的省錢方便。

airport ［`ɛr,port］ *n.* 機場

聯想字：■air ［ɛr］ *n.* 空氣

例句：The **airport** is a port for airplanes to land.
機場是讓飛機登陸的港口。

MP3

seaport
[`si,port] *n.* 海港

聯想字：■ sea [si] *n.* 海

例句：The **seaport** is essential to our economy.
海港對於我們的經濟而言非常重要。

passport
[`pæs,port] *n.* 護照
記憶技巧 表示通過港口（海關）時需要看的證件。

聯想字：■ pass [pæs] *v.* 通過；經過

例句：You can't go abroad without your **passport**. 沒有護照，你無法出國。

import
[`ɪmport] *n.* 進口 [ɪm`port] *v.* 進口
記憶技巧 in- ／ im- ＝裡頭、內，im-port 表示進入港口裡頭。

例句：America **imports** many Japanese cars. 美國進口許多日本車。

export
[`ɛksport] *n.* 出口（貿易）；外銷 [ɪks`port] *v.* 出口（貿易）
記憶技巧 ex- ＝往外；出，ex-port 表示外銷時必須把產品運出
港口。

例句：**Export** is key to economic success of a country.
出口（外銷）是一個國家經濟繁榮與否的關鍵。

report
[rɪ`port] *n. v.* 報告；報導
記憶技巧 re- ＝回，re-port 表示把發生的事或資訊搬回成一個報
告、報導。

例句：He hands in a new **report**. 他繳交新的報告。

support
[sə`port] *v.* 支撐；支持
記憶技巧 su 是由 sub 演變而來的，sub- ＝在……之下，su-pport
表示一個港口之下一定要靠防波堤去支撐它、保護它。

例句：His parents **support** his hobby. 他的雙親支持他的嗜好。

transport

[`træns,pɔrt] *v.* 輸送;運輸

記憶技巧 trans- ＝轉移,trans-port ＝從 A 港口轉移到 B 港口。

例句:The train **transports** cattle.　這列火車運載牛。

deport

[dɪ`port] *v.* 驅逐(出境);放逐

記憶技巧 de- ＝去除(get rid of)

例句:Illegal immigrants are **deported** by the Trump administration.
非法移民被川普政府驅逐出境。

046 graph ∕ graphy

graph ∕ graphy ＝書寫；描繪；所寫；所記之物

bio-graphy [baɪ`ɑgrəfɪ] *n.* 傳記
記憶技巧 bio → biology（生物），bio-graphy 表示描
繪人生。

聯想字：■ biology [baɪ`ɑlədʒɪ] *n.* 生物學

autobio-graphy [ˌɔtəbaɪ`ɑgrəfɪ] *n.* 自傳
記憶技巧 auto- ＝自己；自身，auto-bio-graphy
表示自己用文字描繪自己的傳記。

聯想字：■ automobile [`ɔtəməˌbɪl] *n.* 汽車

geography [`dʒɪ`ɑlədʒɪ] *n.* 地理學；地理
記憶技巧 geo- ＝地球；土地，geo-graphy 表示記錄有關
地球、土地的一門學問。

聯想字：■ geology [dʒɪ`ɑlədʒɪ] *n.* 地質學
例句：**Geography** is not the same as geology.
地理學不同於地質學。

photo-graph

[`fotə,græf] *n.* 相片；照片

記憶技巧 photo ＝光；照相，photo-graph 表示描繪或記錄；利用光學來記錄。

例句：The photographer took many beautiful **photographs**.
這位攝影師拍了很多漂亮的照片。

telegraph

[`tɛləgræf] *n.* 電報＝ telegram

記憶技巧 tele- ＝遠，tele-graph 表示可以傳達到遠方的圖或資料。

例句：**Telegraph** is transmitted through electric wire.
電報是透過電線傳送的。

paragraph

[`pærə,græf] *n.* 段落

記憶技巧 para ＝在……旁；旁邊，para-graph 表示描寫到一段落的一部份。

聯想字：■parallel [`pærə,lɛl] *adj.* 平行的；類似的

例句：Chapter one includes five **paragraphs**.
第一章包括 5 個段落。

calligraphy

[kə`lɪgrəfɪ] *n.* 書法

記憶技巧 calli 從希臘文而來，為「美」的意思，calligraphy 表示美麗的書寫體。

例句：**Calligraphy** is a type of art. 書法是一種藝術。

MP3

047 grade ╱ grad

grade ╱ grad ＝級；年級；階級

grade [gred] *n.* 級；年級；階級；成績
(記憶技巧) 表示學生的成績必須通過才能升級。

聯想字：■ degree [dɪ`gri] *n.* 程度；等級；學位

例句：Usually, the elementray school has six **grades**.
通常一所小學有 6 個年級。

upgrade [`ʌp`gred] *v.* 升級
(記憶技巧) up- ＝往上之意，up-grade 表示往上升級。

例句：He **upgrades** his old computer.
他升級他的舊電腦。

degrade [dɪ`gred] *v.* 降級；貶職
(記憶技巧) de- ＝往下之意，de-grade 表示往下降級。

例句：Teacher **degrades** his grade from B to C.
老師將他的分數由 B 降為 C。

graduate

[ˋgrædʒʊ͵et] *v.* 畢業　　[ˋgrædʒʊɪt] *n.* 畢業生

記憶技巧 -ate ＝動詞字尾，gradu-ate 表示一年一年的度過，一級一級度過才能畢業。

例句：He will **graduate** next year.　明年他將畢業。
　　　One of the **graduates** is my son.　我兒子是畢業生之一。

graduation

[͵grædʒʊˋeʃən] *n.* 畢業

記憶技巧 -tion ＝名詞字尾

例句：The **graduation** ceremony will be held next June.
　　　畢業典禮將在明年六月舉行。

gradual

[ˋgrædʒʊəl] *adj.* 逐漸的

記憶技巧 -ual ＝形容詞字尾，grad-ual 表示一點一點地度過。

例句：Aging is **gradual** process.　老化是一個逐漸的過程。

gradual-ly

[ˋgrædʒʊəlɪ] *adv.* 逐漸地

記憶技巧 -ly ＝副詞字尾，-ual ＝形容詞字尾；grad-ual-ly 表示逐漸地。

例句：The difficult job **gradually** becomes easy.
　　　這份困難的工作逐漸變得容易。

MP3

048 dict

dict ＝說

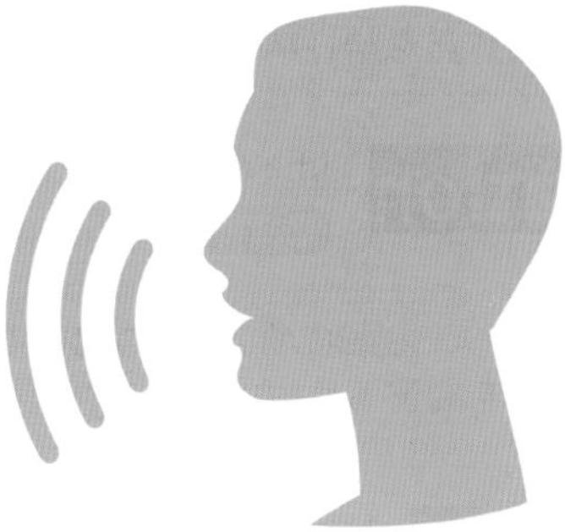

diction - ary [ˋdɪkʃən,ɛrɪ] *n.* 字典

記憶技巧 表示教人如何說話的一本書。

片語：

look up { 單字 / 片語 / 資料 } in the dictionary　查字典中的單字、片語或資料

consult the dictionary　查閱字典

例句：A **dictionary** is an important learning tool.

字典是一項重要的學習工具。

diction [ˋdɪkʃən]　*n.* 措辭；用語

記憶技巧 -tion ＝名詞字尾，dic-tion　為如何說話的藝術。

例句：A successful speech is determined by good **diction**.

一場成功的演說取決於好的用詞遣字。

The **diction** the speaker uses shows that he is highly-educated.

這位講員使用的措辭顯示他受過高等教育。

dictate

[ˋdɪktet] *v.* 口述；口授

記憶技巧 -ate ＝動詞字尾

片語：dictate to 人　口授給某人

例句：He **dictates** his message to his recording pen.
他口述訊息給打字員。

dictation

[dɪkˋteʃən] *n.* 口述；口授

記憶技巧 -ation ＝名詞字尾

例句：The boss leaves his **dictation** on a recording pen.
這位老闆留下他的口述內容在錄音筆裡。

dictator

[ˋdɪk,tetə] *n.* 獨裁者

記憶技巧 -or ＝「人」的字尾，dict-at-or　表示以口說出命令給
人去做。

例句：Hitler is a **dictator**.　希特勒是一位獨裁者。

predict

[prɪˋdɪkt] *v.* 預言；預測

記憶技巧 pre- ＝先；在……之前，pre-dict　表示事前就說出來了。

例句：People like to **predict** the outcome of the basketball game.
人們喜歡預測籃球賽的結果。

indicate

[ˋɪndə,ket] *v.* 指示；指出

記憶技巧 in- ＝內、入，-ate ＝動詞字尾，in-dic-ate　表示在
裡頭有所說明。

例句：The clouds **indicate** that the weather is changing.
這些雲已指出天氣在變化。

contradict

[,kɑntrəˋdɪkt] *v.* 與……相矛盾；反駁

記憶技巧 contra- ＝ counter（對抗之意），contra-dict
表示相互對抗的矛盾說法。

例句：What he says today **contradicts** what he said yesterday.
他今天所說與他昨天所說的相互矛盾。

Don't **contradict** your mother.
別頂撞（反駁）你的母親。

MP3

049 form

form = 形式；狀態；形態

uniform 制服

form [fɔrm] *n.* 形狀；表格 *v.* 形成
（記憶技巧）表示表格有一定的形式。

聯想字：■ from [frɑm] *pre.* 從⋯⋯

例句：Ten students **form** a circle. 學生們形成一個圓圈。

formal [`fɔrm!] *adj.* 正式的；形式上的
（記憶技巧）-al = 形容詞字尾

聯想字：■ informal [ɪn`fɔrm!] *adj.* 非正式的；不拘禮節的

例句：The president is at a **formal** meeting.
這位校長（董事長）正在參加一場正式的會議。

formal-ize [`fɔrm!,aɪz] *v.* 使成正式
（記憶技巧）-ize = 化為；使變成⋯⋯ = 動詞字尾，form-al-
ize 表示使之正式化。

聯想字：■ modernize [`mɑdən,aɪz] *v.* 使⋯⋯現代化

例句：A marriage certificate **formalizes** a man and a woman as
husband and wife.
一份結婚證書將一男一女正式定義為夫妻。

formula

[`fɔrmjələ] *n.* 公式；處方

記憶技巧 表示有一定的方式。

例句：Physical exercise is the **formula** for good health.
身體的運動是健康的妙方。

format

[`fɔrmæt] *n.* 格式　*v.* 格式化

記憶技巧 表示有一定的格式；此字可用來表示將磁碟格式化。

例句：The **format** of the living room is attractive.
這個客廳的格局很吸引人。
I need to **format** this hard disk first.
我需要先將硬碟格式化。

conform

[kən`fɔrm] *v.* 順從；遵從

記憶技巧 con- =一起

聯想字：■confirm [kən`fɜm] *v.* 追認；證實

例句：He **conforms** to the school regulation.　他遵守校規。

reform

[ˌrɪ`fɔrm] *v.* 改革；矯正；修正

記憶技巧 re- =再一，re-form　表示再一次變成形式。

例句：The president **reforms** his cabinet.
總統改革內閣。

uniform

[`junə,fɔrm] *n.* 制服

記憶技巧 uni- =單一，uni-form　表示單一形式的服裝。

聯想字：■unit [`junɪt] *n.* 單元；單位

例句：The color of army **uniforms** is green.
陸軍制服的顏色是綠色。

deform

[dɪ`fɔrm] *n.* 使變形；使不成形

記憶技巧 de- =否定，de-form　表示變畸形、變形。

例句：The **deform** of his leg was caused by a car accident.
他的腳變形起因於一場車禍。

MP3

transform

[træns`fɔrm] v. 變形

記憶技巧 trans- =轉移，trans-form　表示形狀轉變。

聯想字：■transport [`træns,pɔrt] v. 運輸；運載；交通

例句：The cargo ship is **transformed** to a battleship.
這艘貨船被改裝成一艘軍艦。

inform

[ɪn`fɔrm] v. 通知

記憶技巧 in- =裡頭；內，in-form　表示在表格裡頭填資料，有通知、告知事情。

聯想字：■form [fɔrm] n. 表格；形狀

例句：The clock **informs** people of the time.
時鐘告知人們時間。

perform

[pɚ`fɔrm] v. 表演

記憶技巧 per- =貫穿，per-form　表示表演是從頭到尾貫穿形成。

例句：Jennifer **performs** well on the violin.
珍妮佛在小提琴上的表現很不錯。
The surgeon is **performing** an operation.
外科醫生正在執行手術。

platform

[`plæt,fɔrm] n. 月台

記憶技巧 plate =金屬板；盤；碟類，plat-form　表示在鐵軌旁突起的板塊形狀。

常見詞：platform 1　第一月台；platform 2　第二月台

例句：The passengers are waiting on the **platform**.
乘客正在月台等候。

050 fer

fer ＝搬運

ferry
[`fɛrɪ] *n.* 渡頭；渡口

片語：ferry boat　渡船
聯想字：■very [`vɛrɪ] *adv.* 非常　■ferryman [`fɛrɪmən] *n.* 渡船夫
例句：He rides on the **ferry** boat daily.　他每天搭乘渡船。

confer
[kən`fɝ] *v.* 商討
記憶技巧 con- ＝一起，con-fer　表示某些搬到一處一起商討。
confer ＝ consult　商討

片語：confer with 人　與某人商討
例句：As for the case, he **confers** with his lawyer.
有關於這個案件，請他與律師商談。

conference
[`kɑnfərəns] *n.* 研討會；會議；會談

片語：press conference　記者招待會
聯想字：■press [prɛs] *v. n.* 壓迫；印刷
例句：A formal meeting is called a **conference**.　正式的聚會就叫會議。

offer
[`ɔfɚ] *v.* 提供；提出
記憶技巧 表示搬出來、拿出來給人的意思。

聯想字：■offering [`ɔfərɪŋ] *n.* 奉獻（錢、物品）
例句：The owner **offered** a reward for the return of the lost jewels.
這位珠寶的主人為失去的珠寶提供懸賞。

MP3

differ

[ˋdɪfə] *v.* 不同；相異

(記憶技巧) di- =分離（away），dif-fer 表示意見搬向分歧。

片語：A differ from B = A be different from B　A 異於 B

聯想字：■ different [ˋdɪfərənt] *adj.* 不同的；相異的

例句：His opinion **differs** from mine.　他的看法與我不同。

prefer

[prɪˋfɝ] *v.* 比較喜歡；寧可要

(記憶技巧) pre- =預先，pre-fer 表示從一些事物中會先搬取的意思。

片語：prefer A to B　喜歡 A 勝過於 B

聯想字：■ preference [ˋprɛfərəns] *n.* 較喜歡；偏好

例句：Rather than go out, he **prefer** to stay home.
他寧可待在家不要出去。
Prefer loss to unjust gain.　寧可損失，也不取不義之財。

refer

[rɪˋfɝ] *v.* 引用；參考；提及

(記憶技巧) re- =回，re-fer 表示回去搬一些資料來引用。

片語：refer to...　提及……；引用……

聯想字：■ reference [ˋrɛfərəns] *n.*（書籍等）的參考提及；參照
■ reference book　參考書

例句：Sometimes, the author **refers** to the Bible.
有時這位作者會提到聖經。
Professor Lee **refers** to his note when he teaches.
李教授教學時會參考他的筆記。
What I said **refers** to all of you.
剛才我所說的是（提及）指你們所有的人。

suffer

[ˋsʌfə] *v.* 遭受；受苦；患病

(記憶技巧) su- 是由 sub 演變而來的，sub- =在……之下，suf-fer
表示搬很多東西壓在下面。

聯想字：■ subway [ˋsʌb,we] *n.* 地鐵

例句：My grandmother **suffers** from loss of memory.
我的祖母苦於失去其記憶力。

051 fect

fect ＝作用

YOU HAVE EXCELLENT AFFECT ON ME!

affect
[ə`fɛkt] *v.* 影響
記憶技巧 表示產生作用的意思。
affect ＝ influence

聯想字：■ effect [ɪ`fɛkt] *n.* 效果；影響＝ influence
例句：The flu **affects** his attention span. 流行性感冒影響他注意力一段時間。

affection
[ə`fɛkʃən] *n.* 愛；情愛
記憶技巧 表示愛能產生最大的作用之意。
affection ＝ love

例句：A dog has a special **affection** for man. 狗對人類有特別的情感。

defect
[dɪ`fɛkt] *n.* 缺點
記憶技巧 de- ＝往下，de-fect 表示往下產生作用的特點，即為缺點。

例句：New cars have few **defects**. 新車很少會有瑕疵。

MP3

effect

[ɪ`fɛkt] *n.* 效果；影響

片語：side effect　副作用
　　　greenhouse effect　溫室效應
　　　in effect = in truth　事實上地
　　　　　　　 = in reality
　　　　　　　 = in fact
　　　　　　　 = as a matter of fact

例句：The propaganda produces a good **effect** on the young.
　　　這份宣傳對年輕人產正面的影響。

effectual

[ɪ`fɛktʃʊəl] *adj.* 有效的；有果效的
記憶技巧　-ual＝形容詞字尾，ef-fect-ual　表示良好作用的產
　　　　　生。
　　　　　effectual = effective = efficient

例句：Taking **effectual** steps speeds up the project.
　　　採取有效的步驟加速企劃的完成。

infect

[ɪn`fɛkt] *v.* 感染
記憶技巧　in-＝內；入；裡頭，in-fect　表示在裡頭的細菌已產生
　　　　　作用。

片語：infect 人 with 疾病＝人 be infected with 疾病＝某人感染某疾病

例句：The bat **infects** the whole community with an unknown virus.
　　　蝙蝠帶來一種不知名的病毒感染這整個社區。

infection

[ɪn`fɛkʃən] *n.* 感染
記憶技巧　-ion＝名詞字尾

例句：A smaill cut can become a serious **infection**.
　　　小小的割傷可能會變成嚴重的感染。

perfect

[`pɝfɪkt] *adj.* 完美的
記憶技巧　per-＝貫穿，per-fect　表示從頭到尾貫穿良好作用叫
　　　　　做完美。

例句：Today is a **perfect** day for outing.　今天是適合出遊的好日子。

052 count

count ＝數；計數；解釋

1 2 3 4 5

count [kaʊnt] *v.* 數；計數；解釋

片語：count on = rely on = depend on　依賴；依靠
例句：He **counts** twenty brids on the tree.　他數一數樹上的鳥共有 20 隻。

countable [`kaʊntəbl̩] *adj.* 可數的
記憶技巧 -able ＝可……的＝形容詞字尾

片語：countable noun　可數的名詞
聯想字：■ washable [`waʃəbl̩] *adj.* 可洗的
　　　　■ drinkable [`drɪŋkəbl̩] *adj.* 可喝的
　　　　■ respectable [rɪ`spɛktəbl̩] *adj.* 可敬的
例句："Sand" is not a **countable** noun.　沙子不是可數名詞。

uncountable [ʌn`kaʊntəbl̩] *adj.* 不可數的
記憶技巧 un- ＝否定

片語：uncountable noun　不可數的名詞
例句："Furniture" is an **uncountable** noun.　「家具」是不可數名詞。

counter [`kaʊntə] *n.* 櫃台
記憶技巧 表示是數錢的地方。

MP3

account

[əˋkaʊnt] *v.* 帳目；帳戶　*v.* 說明；解釋；報帳

記憶技巧 表示對老婆又要報帳，又要解釋；就像作帳是為了解釋錢的流向。

片語：account to 人 for 事　對某人解釋某事

諺語：Short accounts make long friends.　欠帳儘快還清，才能友誼長存。

例句：Are you going to open a saving **account** or a checking account?
你要開儲蓄帳戶或支票帳戶？
He was unable to **account** to his teacher for his absence.
他找不出理由向跟老師說明缺席的原因。

accounting

[əˋkaʊntɪŋ] *n.* 會計學

記憶技巧 表示計算金錢的學科。

聯想字：■ engineering [ˌɛndʒəˋnɪrɪŋ] *n.* 工程學

例句：**Accounting** is one of my favorite subjects.
會計是我最喜愛的科目之一。

accountant

[əˋkaʊntənt] *n.* 會計人員；會計師

記憶技巧 -ant ＝人，ac-count-ant　指做會計的人。

聯想字：■ assistant [əˋsɪstənt] *n.* 助理；助手

discount

[ˋdɪskaʊnt] *v.* 打折扣；折扣

記憶技巧 dis- ＝　否定，dis-count　表示往負面地去數。
我們所謂的九折，西方人是用 10% discount 來表示，
即是減掉 10% 的意思，所以折扣即是減的「否定的」
數算。

聯想字：■ dishonest [dɪsˋɑnɪst] *adj.* 不誠實的

例句：You have to **discount** what John told you.
你必須對約翰所說的打折扣。

encounter

[ɪnˋkaʊntə] *v.* 邂逅；碰見；遭遇（危險困難等）

記憶技巧 en- ＝動詞字首／字尾，en-count-er　表示在櫃台（counter）邂逅、遇見一位小姐。

例句：On his way to work, he **encountered** heavy traffic.
在上班的路上，他遇到了繁忙的交通。

test ＝測試；考試

test [tɛst] *n.* 測試；考試　*v.* 測試

聯想字：■taste [test] *v.* 吃起來；嚐起來　*n.* 口味；品味
例句：She is taking a **test**.　她正在參加考試。
　　　She **tests** the water temperature before bathing her baby.
　　　她試一下水溫以便為她的小孩洗澡。

detest [dɪ`tɛst] *v.* 憎惡；憎恨
記憶技巧　de- ＝往下，de-test　表示考試考到讓人心情往下降到谷底，而充滿憎恨。

例句：A peace-lover **detests** violence.　和平愛好者厭惡暴力。

protest [prə`tɛst] *v.* 抗議
記憶技巧　表示強烈地試探對方反應的行為。

片語：protest against...　反抗……
例句：The employees **protest** against low wages.　這些員工抗議薪資過低。

contest [`kɑntɛst] *n.* 競爭；比賽
記憶技巧　con- ＝一起，con-test　表示大家一起來測試。

聯想字：speech contest　演講比賽
例句：Hundreds of students join the math **contest**.
　　　好幾百位學生參加這次的數學競賽。

MP3

054 sult

sult＝拉丁原文表示「跳」，
發音近似中文的「掃」。

insult

[`ɪnsʌlt] *n.*　　[ɪn`sʌlt] *v.* 侮辱

記憶技巧 in- ＝內，in-sult 表示侮辱掃進內心裡頭。

例句：He ignores **insult** and keeps on doing his duty.
他忍辱負重，繼續盡其職份。
Politicians **insult** each other. 政客彼此相互辱罵攻擊。

result

[rɪ`zʌlt] *v.* 導致　　*n.* 結果

記憶技巧 re- ＝回，re-sult 表示做一件事，掃回來（跳回來）的結果。

例句：The game **results** in a fight. 這場比賽結果變成一場打架鬥毆。
The **result** of the test doesn't indicate future success.
考試的結果並不能表示將來的成就。

consult

[kən`sʌlt] *v.* 商議；商量

記憶技巧 con- ＝一起，con-sult 表示提出問題，一起掃過來掃
過去，彼此商討。

聯想字：■ consultant [kən`sʌltənt] *n.* 顧問，-ant ＝「人」的字尾

例句：The graduate student **consults** with his professor.
研究生與教授商議。

scribe / scrib

scribe / scrib = 書記;書寫

scribe [skraɪb] *n.* 書記;抄寫員

例句：A **scribe** made copies of writing before the invention of the printing press.
書記是在印刷術發明前專門抄寫書籍的人。

scribble [`skrɪbl] *v.* 塗鴉
記憶技巧 此單字中有兩個 b，表示重複的感覺，重複地塗塗寫寫。

例句：No **scribbling** on the wall. 不准在牆上塗鴉。

prescribe [prɪ`skraɪb] *v.* 開處方箋
記憶技巧 pre- = 預先;在……之前，pre-scribe 表示醫生給藥前，要先寫出處方。

例句：Dr. Lee **prescribes** a long rest for his patient.
李醫師為病人開了一個長時間休息的藥方。

MP3

describe

[dɪ`skraɪb] *v.* 描述

記憶技巧 de- ＝往下，de-scribe 表示把所見、所想的下筆表達出來。

例句：It was hard for him to **describe** what he had seen.
他很難去表達所看到的。

subscribe

[səb`skraɪb] *v.* 簽字；訂購

記憶技巧 sub- ＝下；在下（under），訂購東西，必須在下頭簽名，簽名是寫在文件的最下面。

片語：subscribe to（newspapers／magazines／channels） 訂購（報紙、雜誌、頻道等）

例句：I **subscribe** to a newspaper.　我訂購了一份報紙。

inscribe

[ɪn`skraɪb] *v.* 雕刻；題寫（在石碑、金屬板、紙面上）

記憶技巧 in- ＝裡面；內，in-scribe 表示嵌入文字在裡面。

片語：inscribe A on 某處＝某處 be inscribed with A　將 A 銘刻於某處

例句：He **inscribes** his name on a stone.
他將他的名字刻在石頭上。

056 rect

rect ＝正；導正

correct [kəˋrɛkt] *adj.* 正確的　*v.* 訂正
記憶技巧　表示導正，使其正確的意思。

聯想字：■ collect [kəˋlɛkt] *v.* 收集
例句：The coach **corrects** the players' skill.　教練糾正球員們的球技。

direct [dəˋrɛkt] *v.* 引導　*adj.* 直接的
記憶技巧　表示正面的，不拐彎抹角的。

聯想字：■ director [dəˋrɛktə] *n.* 指導者；導演；管理者；指揮家
例句：The policeman is **directing** the traffic.　警察正在指揮交通。
　　　I can reach him through his **direct** phone line.
　　　我可以透過直接的電話專線找到他。

direction [dəˋrɛkʃən] *n.* 方向；說明
記憶技巧　引導到正確的方向之意。

片語：ask for directions　問路；問方向
聯想字：■ directions　說明；說明書，direction 的複數名詞。
例句：A map shows the correct **direction**.　地圖可以指示正確的方向。

小常識：使用器具之前須看說明書（directions）才能正確（correct）使用。

MP3

erect

[ɪˋrɛkt] *v.* 直立；建立　*adj.* 直立的；豎立的

記憶技巧 表示將東西導正，使之直立。

聯想字：■ erection [ɪˋrɛkʃən] *n.* 直立；建築；建築物

例句：These workers are erecting a statue.　這些工人正在豎立一座雕像。
He sits in an **erect** manner in the corner of the room.
他端坐在房裡的角落。

rect-angle

[rɛkˋtæŋg!] *n.* 矩形；長方形

記憶技巧 angle ＝角度，rect-angle　表示長而方正的角度
所形成的形狀。

聯想字：■ triangle [ˋtraɪ͵æŋg!] *n.* 三角形

例句：Many sports fields are in the shape of **rectangle**.
許多的運動球場是矩形的。

字
根

lect ＝選擇

select 挑選

elect
[ɪˋlɛkt] v. 選舉

記憶技巧 e 是由 ex 演變出來的，表示「出」，e-lect 表示選出某人擔任一職務，叫做選舉。

例句：Most voters **elect** him chairman.　大部分選民推選他為主席。

collect
[kəˋlɛkt] v. 搜集；收集

記憶技巧 co- ＝一起，col-lect 表示選在一起的意思。

例句：People all over the world **collect** stamps as a hobby.
世界各位的人們都有收集郵票的嗜好。

select
[səˋlɛkt] v. 挑選；選擇

記憶技巧 select ＝ choose

例句：Mr. Lin **selected** a tie to match with his shirt.
林先生挑選了一條領帶搭配他的襯衫。

neglect
[nɪgˋlɛkt] v. 怠忽不顧；忽略

記憶技巧 neg- ＝否定，neg-lect 表示不去選取就是忽略。

例句：She **neglects** her responsibility.　她怠忽了她的責任。

MP3

intellect

[`ɪntl̩͵ɛkt] *n.* 智力；智能

記憶技巧 in =裡頭，tell =告訴，intel-lect 表示內心裡頭能分辨、能做正確選擇（的人）。

例句：She is a woman of superior **intellect**.　她是個聰穎過人的婦人。

intellectual

[͵ɪntl̩`ɛktʃʊəl] *adj.* 智力的　*n.* 知識份子

片語：the **intellectual** class　知識階級

例句：There are many renowned **intellectuals** awarded the Nobel Prize.
許多知名聰明才智之人被授予諾貝爾獎。
Our government determines to protect **intellectual** property right.
我們的政府決定保護智慧財產權。
The **intellectuals** should devote themselves to the society.
知識份子應奉獻於社會。

intelligent

[ɪn`tɛlədʒənt] *adj.* 有智慧的；聰明的

記憶技巧 in =內，tell *v.* 分辨，-ent =形容詞字尾，表示內心能做智慧的分辨。

intelligent = wise = smart = clever 聰明的

例句：Doug is an **intelligent** boy.　道格是個聰明的男孩。

intelligence

[ɪn`tɛlədʒəns] *n.* 智力；理解力

記憶技巧 -ence =名詞字尾。

片語：**intelligence** quotient　簡稱 IQ（智商）

例句：**Intelligence** can be acquired through learning.
智慧是可以透過學習而獲得的。

rupt

rupt ＝破裂；斷裂

rupture [ˋrʌptʃə] *v. n.* 破裂；斷裂
記憶技巧 -ure ＝名詞字尾

例句：The quake creates a **rupture** on the bridge.
地震造成橋斷裂。

abrupt [əˋbrʌpt] *adj.* 突兀而不連貫的
記憶技巧 表示在平順行進／談話中斷裂。

例句：The quake brings about an **abrupt** land-slide. 地震帶來突然的山崩。
His proposal to her is **abrupt**. 他對她求婚是唐突不禮貌的。

bank-rupt [ˋbæŋkrʌpt] *v.* 使破產 *n.* 破產者 *adj.* 破產的
記憶技巧 表示跟銀行的關係完全破裂。

例句：A financially ruined person is called a **bankrupt**.
經濟上破產的人就叫做破產者。
That company is **bankrupt** because of its heavy debts.
那家公司因沉重的債務而倒閉。

MP3

erupt [ɪ`rʌpt] *v.* 爆發

記憶技巧 e 是由 ex 演變出來的，表示「出」

volcanic **erupt** 火山爆發，volcanic [vɑl`kænɪk] *n.* 火山

例句：The volcano **erupted** this morning. 今天早上火山爆發。

eruption [ɪ`rʌpʃən] *n.* 爆發

例句：The **eruption** of the racial conflict made the whole nation tense.
種族衝突的爆發使得全國氣氛緊張。

interrupt [,ɪntə`rʌpt] *v.* 使中斷；阻礙

記憶技巧 inter- ＝中；間，inter-rupt 表示在中間打斷、中斷。

例句：Children often **interrupt** adults' conversation.
小孩通常會打岔大人的談話。

interruption [,ɪntə`rʌpʃən] *n.* 中斷；阻礙

例句：The rain causes an **interruption** of the game.
這場雨導致比賽一度中斷。

059 radio／radi

radio／radi = 360° 地往外釋放

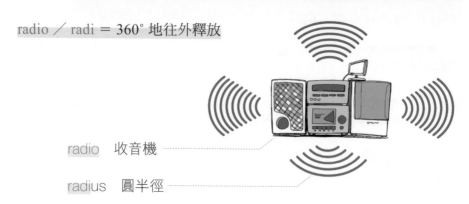

radio　收音機

radius　圓半徑

radio

['redɪ,o] *n.* 收音機
記憶技巧 表示有聲波往四處釋放。

例句：**Radio** was loved by many people in the 1940s.
收音機在 40 年代廣受人們喜愛。

radius

['redɪəs] *n.* 半徑
記憶技巧 表示由圓心往外釋放的線條。

例句：The **radius** of this circle is 1/2 inch.
這個圓的半徑是 1/2 英吋。

radium

['redɪəm] *n.* 鐳
記憶技巧 一種會往外釋放的元素。

例句：Radium is a **radioactive** metal, which is used in the treatment of some diseases like cancer.
鐳是一種放射性金屬，被使用在治療某些疾病像是癌症。

MP3

radiate [`redɪ,et] v. 射出;放射;發射
記憶技巧 表示往四處釋放。

radiant [`redjənt] *adj.* 洋溢喜悅的;輻射的;發光的
記憶技巧 表示人內在的喜悅及筆力往外處釋出。

例句:Happy people often wear a **radiant** smile.
快樂的人常掛著洋溢的笑容。

radiator [`redɪ,etə] *n.* 輻射體;散熱器
記憶技巧 -or =名詞字尾。

例句:The **radiator** of my car is rusty. 我的車子的散熱器生鏽了。

radio-active [`redɪ,etɪv] *adj.* 輻射能的;放射的
記憶技巧 -ive =形容詞字尾。

例句:**Radioactive** materials can cause cancer. 放射物質會導致癌症。

radio-activ-ity [,redɪoæk`tɪvətɪ] *n.* 放射能;放射性

例句:The **radioactivity** of a nuclear bomb generates a large amount of heat.
核子彈的放射會產生大量的熱能。

字根

059

060 cent

cent =一百；百分之一

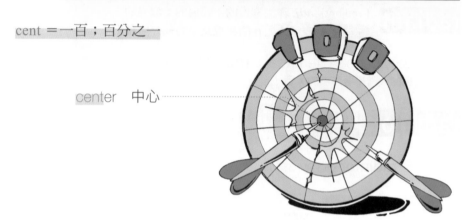

center　中心

cent [sɛnt] *n.* 一分錢
記憶技巧 一分錢等於是一元的百分之一。
■ penny [`pɛnɪ] *n.* 一分硬幣

例句：A penny coin is worth one **cent**.　一便士的銅板即值為一分錢。

center [`sɛntə] *n.* 中心 *v.* 置於中央
記憶技巧 飛鏢射中紅心，得一百分。

例句：The actor is the **center** of attention.
這位演員是令人注目的焦點。
Women's talks always **center** around fashion.
女人的話題總是繞著流行為中心。

central [`sɛntrəl] *adj.* 中央的
記憶技巧 -al =形容詞字尾。

片語：Central Bank　中央銀行

例句：He is a **central** figure in the political party.
他是政黨的中心人物。

MP3

concentrate

[`kɑnsɛn,tret] *v.* 集中；專注

記憶技巧 con- ＝一起，centr 由 center 省略 e，
con-centr-ate　表示將注意力、心力一起放在
其中。

片語：concentrate on... = focus on...　專注於……；專心於……

例句：Please **concentrate** your attention on what the teacher says in class.
請把注意力集中在老師課堂上所講的。

centen -ary

[,sɛn`tɛnərɪ] *adj.* 一百年的　*n.* 一百周年紀念

聯想字：■ anniversary [,ænə`vɝsərɪ] *n.* 周年紀念日
　　　　■ annual [`ænjʊəl] *adj.* 一年的；每年的

例句：We celebrate our nation's **centenary** birthday.
我們慶祝國家一年的生日（國慶）。
The **centenary** party is memorable.
一百周年慶的聚會令人難忘。

century

[`sɛntʃʊrɪ] *n.* 一世紀

記憶技巧 一百年等於一世紀。

例句：The tree near my door is a **century** old.
靠近我門旁的這顆樹已有一世紀之久。

centimeter

[`sɛntə,mitə] *n.* 公分

記憶技巧 meter ＝公尺，centi-meter　百之一公尺＝公分。

例句：Many basketball players are over two hundred **centimeters** tall.
很多籃球球員都超過 200 公分以上。

percent

[pə`sɛnt] *n.* 百分比

記憶技巧 注意！percent 不可加 s。

聯想字：■ per *prep.* 每一

例句：The symbol for **percent** is %.　百分比的符號是 ％。

centigrade

[`sɛntə,gred] *adj.* 百分度的　*n.* 攝氏

記憶技巧 依照百分來計算溫度。

centigrade = Celsius [`sɛlsɪəs]（攝氏）

聯想字：■ Fahrenheit [`færən,haɪt] *n.* 華氏

例句：I have a **centigrade** thermometer.
我有一個攝氏溫度計。
Today's temperature is thirty degrees **centigrade**.
今天的溫度是攝氏 30 度。

centipede

[`sɛntə,pid] *n.* 蜈蚣

記憶技巧 pede ＝腳，centi-pede　表示有著百隻腳的昆蟲。

例句：A **centipede** often lives under the soil.
蜈蚣通常住在泥土底下。

MP3

angle

angel ＝角度

Acute angle
less than 90°

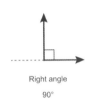

Right angle
90°

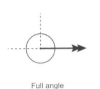

Full angle

Opposite angle

triangle [ˋtraɪˌæŋg!] *n.* 三角形
記憶技巧 tri- ＝三，tri-angle 表示有三個角度的形狀。

rect-angle [rɛkˋtæŋg!] *n.* 矩形；長方形
記憶技巧 rect ＝正

tangle [ˋtæŋg!] *v.* 使糾纏；使纏結
記憶技巧 表示很多角度而造成糾纏。

例句：The football players often **tangle** over each other's body.
足球球員時常糾結對方的身體。

pentagon [ˋpɛntəˌgɑn] *n.* 五角形
記憶技巧 agon 是由 angle 演變而來的，pent ／ penta ＝五
the Pentagon 五角大廈（美國國防部的俗稱）

例句：The **Pentagon** is another name for the American National Defense Department.
五角大廈是美國國防部的另一種稱呼。

062 ject／jet

ject／jet ＝噴；射

jet
[dʒɛt] *v.* 噴出　*n.* 噴出；射出

聯想字：■ jet plane　噴射機

例句：The engine **jets** out enormouse smoke.
這引擎噴出巨大的煙霧。

object
[`ɑbdʒɪkt] *n.* 客觀；物體目標；受詞（文法上的）
[əb`dʒɛkt] *v.* 反對；反抗
記憶技巧 對未來想射中的（東西、物體）→目標。

片語：object to N.／Ving ＝ oppose N.／Ving

例句：There is an unidentified flying **object** UFO in the sky.
天空出現了不明飛行物體（幽浮）。

project
[`prɑdʒɛkt] *n.* 提案；計劃；企劃　　[prə`dʒɛkt] *v.* 投射
記憶技巧 pro- ＝ pre ＝預先；在……之前，pro-ject 表示付諸
行動之前就射出的計劃。

例句：Each of us has a **project** to do.　我們每個人都有一份企劃要做。

MP3

projector

[prə`dʒɛktə] *n.* 放映機；幻燈機

記憶技巧 -or ＝名詞字尾

例句：An overhead **projector** is a lamp which makes images larger on a transparent slides.
投影機是一種燈光，可以使透明的投影片中的圖像變大。

reject

[rɪ`dʒɛkt] *v.* 拒絕；回絕

記憶技巧 re- ＝回；再一，re-ject 表示反射回去。

reject ＝ refuse

例句：She **rejected** his proposal. 她拒絕了他的求婚。（或她拒絕了他的提議）

inject

[ɪn`dʒɛkt] *v.* 注射

記憶技巧 in- ＝裡頭；內，in-ject 表示把藥注射到裡頭。

例句：The doctor **injected** a drug into his patience.
醫生給他病人打了一針。

subject

[`sʌbdʒɪkt] *n.* 主旨；客觀；（文法上的）主詞

記憶技巧 sub- ＝下，sub-ject 表示在其下所要射出去的觀念。

例句：Math is an interesting **subject**. 數學是有趣的科目。

eject

[ɪ`dʒɛkt] *v.* 噴出；排出；彈出；驅逐

記憶技巧 e 是由 ex（出）演變而來的，eject 按鍵按下去，就會將 CD 或光碟彈出。

volcanic **ejection** ／ eruption 火山爆發

例句：The pilot accidentally **ejected** himself from a fighter jet.
這位飛行員意外地從噴射戰鬥機彈了出去。
The security guard **ejected** the noisy drunkard from the restaurant.
保安人員將吵鬧的醉漢從餐廳驅逐出去。

interject

[ˌɪntə`dʒɛkt] *v.* 驚叫聲；感嘆詞；突然插（言、詞等）

記憶技巧 inter- ＝中、間、相互，inter-ject 表示在其中突然射出的話語或聲音。

例句：While we were talking, she interjected with a loud sigh.
當我們正在談話當中，她突然發出了大聲的歎息。

字根

063 loco

loco ＝地方（place）

France

local [`lok!] *adj.* 當地的；本地的；局部性的
記憶技巧 -al ＝形容詞字尾

聯想字：■local government　地方政府　■local time　當地時間
　　　　■local news　當地新聞

例句：There is a fire in the **local** neighborhood.
　　　當地鄰近地區發生一場火災。

locate [lo`ket] *v.* 找出在……地方
記憶技巧 -ate ＝動詞字尾

片語：be located ＝ be situated ＝ sit ＝ lie ＝ stand　位於……

例句：The plane **locates** its destination.
　　　這架飛機找出了目的地的位置。

location [lo`keʃən] *n.* 位置
記憶技巧 -ation ＝名詞字尾

例句：The Navy locates the exact **location** of the missing personnel.
　　　海軍找到失事人員的正確位置。

MP3

localize [`lok!,aɪz] *v.* 配置；使局部化；使分權於地方；本土化
記憶技巧 -ize ＝使……化＝動詞字尾

例句：The Japanese merchant **localizes** his business in L.A.
這位日本商人將他的生意重心放在洛杉磯。

allocate [`ælə,ket] *v.* 分配
記憶技巧 -ate ＝動詞字尾，al-loc-ate 表示把它放置在適當的位置、地方之意。

例句：The government **allocates** the fund to the local people.
政府將基金分給當地的居民。

loco - motive [,lokə`motɪv] *n.* 火車頭
記憶技巧 motive ＝推動的；起動的，loco-mot-ive 表示火車頭移動從一地方至另一地方。

例句：A **locomotive** is a formal name for a railway engine.
火車頭是鐵路火車引擎的另一正式用語。

064 pede／ped

pede／ped ＝腳

pedal [`pɛdl̩] *n.* 踏板　*v.* 踩踏板

例句：The sewing machine has one **pedal**.
裁縫機有一個腳踏板。
He **pedals** the bike to school.
他踩著腳踏車去上學。
The driver stepped on the gas **pedal** to speed up the bus.
這位司機踩了油門加速駕駛公車。

peddle [`pɛdl̩] *vi.* 當小販；沿街叫賣　*vt.* 販賣；叫賣
記憶技巧 在早期，小販是腳踏著三輪車或腳踏車沿街叫賣。

例句：The seller **peddles** around the park.　這個小販在公園附近兜售。

peddler [`pɛdlə] *n.* 小販　*v.* 沿街叫賣

例句：He **peddles** ice cream.　他沿街販賣冰淇淋。
The **peddler** works hard to support his family.
這小販認真工作是為了要養家餬口。

MP3

centipede

[ˋsɛntəˏpid] *n.* 蜈蚣

(記憶技巧) centi- =百．centi-pede　表示有著百隻腳的昆蟲。

pedestrian

[pəˋdɛstrɪən] *n.* 行人

(記憶技巧) -ian =人

例句：**Pedestrians** should obey traffic rules as drivers do.
行人跟駕駛者一樣要遵守交通法規。

字根

pediatrician

[ˏpidɪəˋtrɪʃən] *n.* 小兒科醫生

(記憶技巧) 表示小兒科醫生如同醫學界的腳，醫治年齡層最低的人。

例句：She brings her child to see a **pediatrician**.　她帶小孩去看小兒科醫生。

pede - stal

[ˋpɛdɪst!] *n.*（半身塑像等）座；臺

(記憶技巧) 表示讓塑像能站立，如同腳的功能。

例句：The **pedestal** of that statue is too small.　這雕像的座底太小了。

encyclo - pedia

[ɪnˏsaɪkləˋpidɪə] 百科全書

(記憶技巧) cyclo =萬物的「循環」

quadruped

[ˋkwɑdrəˏpɛd] *n.* 四腿動物

(記憶技巧) quadr- =四

例句：Tigers and lions are categorized as **quadrupeds**.
老虎及獅子被歸類為四腿動物。

pedicure

[ˋpɛdɪkˏjʊr] *n.* 足部治療；修指甲術；足部治療師

(記憶技巧) cure =治療

例句：The young lady soaked for the **pedicure** of her feet.
這位年輕的女生泡了腳修了腳趾。
A treatment by a **pedicure** includes foot soaking, foot scrubbing,nail clipping, nail shaping, foot and calf massage, nail polishing and so on.
足部治療師的治療包括泡腳、擦洗、剪指甲、指甲造型、按摩小腿、擦指甲油。

press ＝壓

press [prɛs] *v.* 壓；按

例句：The nurse **presses** the patient's arm.
這位護士按壓著病人的手臂。

pressure [`prɛʃə] *n.* 壓力
記憶技巧 -sure ＝名詞字尾

例句：Steam can create high **pressure**. 蒸氣可以產生高壓。

pressing [prɛsɪŋ] *adj.* 壓迫的
記憶技巧 -ing ＝形容詞字尾，現在分詞當形容詞。

例句：The government officials are concerned about the **pressing** problem.
政府官員們關心這個迫切的問題。

compress [`kamprɛs] *v.* 壓縮；緊縮
記憶技巧 com- ＝一起，com-press 表示壓在一起的意思。

例句：We overworked last month because our boss **compressed** two months' work into one.
因為老闆將二個月的工作壓縮成一個月，所以我們上個月工作量過度。

MP3

[ɪk`sprɛs] *v.* 表達　*adj.* 快捷的

記憶技巧 ex- ＝往外；出（out），ex-press　表示把心裡的感受壓出來；就是間上，硬擠壓出去的。

例句：John likes to express his ideas.
約翰喜歡表達他的意見。
This letter was sent by express mail.
這封信是快遞寄出。

impress [ɪm`prɛs] *v.* 使印象深刻；使銘記；壓印

記憶技巧 im- ＝裡頭；內，im-press　表示壓在心裡頭的意思。

片語：impress A on B　把 A 印在 B 上
人 be impressed with ／ by...　人對……有深刻的印象

例句：His musical talent **impresses** many people.
他的音樂天份令許多人印象深刻。

impressive [ɪm`prɛsɪv] *adj.* 印象深刻的

記憶技巧 -ive ＝形容詞字尾，im-press　表示令人印象深刻，通常指留下良好印象的。

例句：His strength is **impressive**.　他的體力驚人。

depress [dɪ`prɛs] *v.* 使沮喪；使消沉

記憶技巧 de- ＝往下，de-press　表示心情往下壓迫。

例句：The sad story **depresses** me.　這令人悲傷的事使我消沉沮喪。

depressing [dɪˈpresɪŋ] *adj.* 令人沮喪的

聯想字：■depressing news　令人沮喪的消息
例句：The news is **depressing**.　這消息令人沮喪。

oppress [əˈprɛs] *v.* 鎮壓；壓迫；壓倒

例句：The soilders **oppress** the rebels.　軍人鎮壓這些叛軍。

066 struct

struct ＝架構

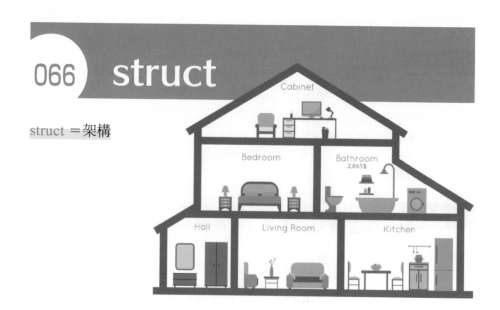

Cabinet
Bedroom
Bathroom
2,865$
Hall
Living Room
Kitchen

instruct [ɪn`strʌkt] *v.* 教導；指令
記憶技巧 in- ＝內；裡頭，in-struct　表示把概念架構灌輸到腦子裡頭。

例句：The teacher **instructs** us how to complete a good work.
老師指導我們如何去完成一項好的作品。

instruction [ɪn`strʌkʃən] *n.* 教導；指令
記憶技巧 -ion ＝名詞字尾

例句：My supervisor gave a clear **instruction**.　我的上司給了明確的指示。

instructor [ɪn`strʌktə] *n.* 指導者；教師
記憶技巧 -or ＝「人」的字尾

聯想字：■ instructive [ɪn`strʌktɪv] *adj.* 教誨的；有益的

construct [kən`strʌkt] *v.* 建造；建設
記憶技巧 con- ＝一起，con-struct　表示鋼筋、水泥、木頭等架構在一起。

例句：The workers are **constructing** a bridge.
工人們正在建築一座橋。

MP3

construction

[kən`strʌkʃən] *n.* 建築；建設；建築物

例句：The **construction** of the bridge is nearly completed.
這座橋的施工差不多即將完成。

destruct

[dɪ`strʌkt] *v.* 炸毀；毀壞

記憶技巧 de- =往下，de-str uct 表示飛彈或其它事物往下摧毀其架構。

例句：The quake **destructed** many buildings.
地震摧毀了許多建築物。

destruction

[dɪ`strʌkʃən] *n.* 破壞

例句：Wars bring **desturction** to people, not construction.
戰爭帶給人們是破壞而非建設。

structure

[`strʌktʃə] *n.* 結構；建築物

例句：The **structure** of the building was safe.
這棟建築物的結構是安全的。

obstruct

[əb`strʌkt] *v.* 阻隔；阻礙

記憶技巧 ob- =抵擋；反對，表示一些東西架於前面，阻礙其前進。

例句：The clouds **obstruct** the sunlight.　雲層阻隔了陽光。

obstruction

[əb`strʌkʃən] *n.* 阻隔；阻礙

記憶技巧 ob- =抵擋；反對

例句：The flood brought about many road **obstructions**.
洪水帶來了大量的路障。

067 bull

bull ＝公牛

bull [bʊl] *n.* 公牛

片語：take the bull by the horns　不畏艱難
聯想字：■horn [hɔrn]　牛、羊、鹿等的硬角
例句：People can watch **bullfight** in Spain.　人們可以在西班牙觀看鬥牛比賽。

bully [`bʊlɪ] *n.* 恃強欺弱者　*v.* 恐嚇；欺弱
記憶技巧 表示像公牛一樣愛鬥人。

聯想字：■bully boy　兇漢；暴徒
例句：Henry is the **bully** of our school.　亨利是我們學校欺凌弱小的霸主。

bullish [`bʊlɪʃ] *adj.* 公牛般的；愚頑的；（股票）漲勢的

聯想字：■The **bullish** stock market is expected.　股票市場預期會上漲。

bullet [`bʊlɪt] *n.* 子彈
記憶技巧 et ＝小，bull-et　表示子彈是最小的公牛角。

例句：A **bullet** damages his left leg.　一枚子彈傷了他的左腳。

bulletin [`bʊlətɪn] *n.* 公報；公告；告示
記憶技巧 公告類似子彈，能快速射出，讓眾人知道。

聯想字：■bulletin board　佈告欄　　■board　板子；木板

例句：BBS is short for **Bulletin** Board System.
　　　BBS 是電子佈告欄的縮寫。

MP3

068 corn

corn ＝穀類；玉米

corn [kɔrn] *n.* 穀類；五穀；玉米

片語：■ popcorn　爆米花　　■ corn field　玉米田
例句：The **corn** is a type of crop.　玉米是一種農作物。

cornea [`kɔrnɪə] *n.* 眼角膜
記憶技巧 表示位於眼角的一層薄膜。

例句：**Cornea** is an important organ.　眼角膜是一個重要的器官

corner [`kɔrnə] *n.* 街角；轉彎處；角落；隅
記憶技巧 表示玉米路邊小攤常在街角賣。

片語：around the corner　在街角轉彎處；在近處；即將來臨
　　　cut（off）a corner　走近路
例句：A boxer doesn't like to fight in the **corner**.
　　　拳擊手不喜歡在拳擊場的角落交戰。

scorn [skɔrn] *v.* 輕蔑；瞧不起

例句：The handicapped child is afraid of being **scorned**.
　　　殘障的孩子害怕被嘲弄。

unicorn [`junɪ,kɔrn] *n.* 獨角獸
記憶技巧 uni- ＝單一，uni-corn　表示獨角獸有像玉米狀的一隻角。

• 195 •

例句：**Unicorn** was said to have one long horn.
　　　據說獨角獸有一隻長長的角。

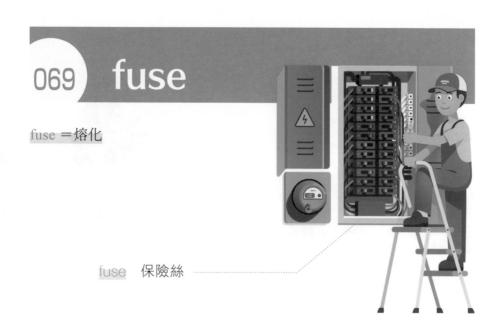

069 fuse

fuse ＝熔化

fuse 保險絲

fuse [fjuz] *n.* 保險絲；熔線　*v.* (保險絲) 熔斷
記憶技巧 表示保險絲的設計是電量過大時，讓保險絲熔化，自動斷電避免災害。

例句：When the **fuse** burns, the lights will go out.
當保險絲燒掉，燈就滅了。
Peter copper and zinc together to make brass.
將銅和鋅熔合然後就變成了黃銅。

refuse [rɪ`fjuz] *v.* 拒絕；拒受；拒給；回絕
記憶技巧 re- ＝回，re-fuse　表示回絕某人或某事。
refuse ＝ reject

例句：Peter **refuses** to cooperate with his colleagues.
彼得拒絕與同事合作。

infuse [ɪn`fjuz] *v.* 將……注入；向……灌輸
記憶技巧 in- ＝內；裡頭，in-fuse　表示熔入裡頭。

例句：Western movies **infuse** different values.
西方的電影融入不同的價值觀。

MP3

confuse

[kən`fjuz] *v.* 把……弄糊塗；使困惑

記憶技巧 con- ＝一起，con-fuse 表示很多事情一起熔入在裡頭，把人弄糊塗。

例句：The new regulation **confuses** many citizens.
這個新規定讓市民感到困惑。

confused

[kən`fjuzd] *adj.* 感到困惑的

記憶技巧 -ed ＝形容詞字尾

人 be
$$\left\{ \begin{array}{l} \text{confused} \\ \text{puzzled} \\ \text{Bewildered} \end{array} \right\}$$
人感到困惑

例句：I am much **confused**, please explain this again.
我很困惑，可否就此再解釋一次。

confusing

[kən`fjuzɪŋ] *adj.* 令人困惑的

記憶技巧 confusing 通常用來修飾事物。

例句：That is a **confusing** statement. 這是一份紊亂的陳述。

diffuse

[dɪ`fjuz] *v.* 擴散（氣體等）；使四散（熱、氣味等）

記憶技巧 di- ＝分開，dif-fuse 表示往外熔開。

例句：The thunder **diffuses** electricity. 打雷時會釋放電。

070 labor

labor ＝勞力；辛苦

labor
[ˋlebɚ] *n.* 勞動；勞動　*v.* 艱苦地幹活　*adj.* 勞工的；工會的

聯想字：■labor strike　罷工，打保齡球全倒叫strike，是擬聲字。想像以前的罷工，工人會敲敲打打的遊行。

格言：Strike while the iron is hot.　打鐵趁熱

例句：He belongs to a **labor** union.　他屬於某一個工會組織。
　　　Both **Labor** and Capital are quite contrary.　勞資雙方是相對立的。

laborious
[ləˋborɪəs] *adj.* 勤勞刻苦的；吃力的；費力的
記憶技巧　-ous ＝形容詞字尾，
　　　　　 labori-ous　為 **1** 刻苦耐勞的（修飾「人」）
　　　　　　　　　　　　 2 吃力的（修飾「事物」）。

例句：Carrying goods is a **laborious** task.　搬運貨物是一份吃力的工作。
　　　Bees and ants are **laborious** insects.　蜜蜂和螞蟻是勤勞的昆蟲。

laboratory
[ˋlæbrəˏtorɪ] *n.* 實驗室；研究室
記憶技巧　表示讓人付出勞心勞力去做研究的地方。

例句：Scientists always work in the laboratory.　科學家總是在實驗室工作。

elaborate
[ɪˋlæbəˏret] *adj.* 精心製作的；精巧的　*v.* 用心地做
記憶技巧　表示勞心勞力而成的。

例句：A movie production is **elaborate**.　一部電影的製作很講究、複雜的。
　　　The researcher **elaborates** his findings.
　　　這位研究者用心努力於他的新發現。

MP3

071 pel

pel ＝驅使（drive），發音像「迫」，想像直升機的螺旋槳，旋轉時發出「迫、迫、迫」的聲音。

propel [prə`pɛl] *v.* 推進；推動
記憶技巧 pro- ＝往前，pro-pel 表示迫使而動。

例句：The jet is **propelled** by an engine. 噴射機靠引擎推動。

propeller [prə`pɛlə] *n.* 螺旋槳；推進器
記憶技巧 -er ＝者，此處表示為「器具」。

例句：The ship's **propeller** is broken. 這艘船的螺旋槳壞了。

expel [ɪk`spɛl] *v.* 驅逐；趕走
記憶技巧 ex- ＝出，ex-pel 表示迫使出去。

例句：The boy was **expelled** from the library for shouting aloud.
這男孩因大聲喊叫被趕出圖書館。

dispel [dɪ`spɛl] *v.* 驅使（雲等）
記憶技巧 dis- ＝分，dis-pel 表示事物迫使散開。

例句：The police **dispelled** the crowd. 警方驅散了群聚。

compel [kəm`pɛl] *v.* 強迫；使不便
記憶技巧 com- ＝一起，com-pel 表示力量加在一起，迫使人不得不做某事。

例句：A lot of parents **compel** their children to study hard.
很多家長強迫孩子用功讀書。

072 ceed ／ cede

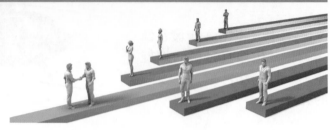

ceed ／ cede ＝走

exceed
[ɪk`sid] *v.* 超過；勝過
記憶技巧 ex- ＝出，ex-ceed 表示走得超出他人。

例句：His performance **exceeds** our expectation.
他的表現超過我們所預期的。

proceed
[prə`sid] *v.* 繼續做或講下去；繼續主行
記憶技巧 pro- ＝往前，pro-ceed 表示往前繼續走。

例句：After class, the students **proceed** with their assignments.
放學後，學生著手於作業。

succeed
[sək`sid] *v.* 成功；獲得成效

例句：He **succeeded** in swimming across the English Channel.
他成功地游泳橫渡英吉利海峽。
He **succeeds** to his father's position. 他繼承父親的職位。

recede
[rɪ`sid] *v.* 退去；後退
記憶技巧 re- ＝回，re-cede 表示往回走。

例句：The tidal wave **recedes**. 退潮了。

precede
[prɪ`sid] *v.* 處在……之前
記憶技巧 pre- ＝之前，pre-cede 表示走在……之前。

例句：Sunday **precedes** Monday. 星期日在星期一之前。

MP3

073 cess

cess ＝走

success
[`baɪˌpɛd] *n.* 兩腿動物
記憶技巧 ped ＝腳（leg）

[sək`sɛs] *n.* 成功；成就；勝利

例句：His life is **success**. 他有個成功的人生。

process
[`prɑsɛs] *n.* 過程；進程　　[prə`sɛs] *v.* 加工；處理

例句：Solving a math question often requires a **process**.
解出數學題目通常需要一個過程。
Taiwan used to **process** raw materials and export them.
台灣過去加工原料然後外銷出口。

excess
[ɪk`sɛs] *n.* 超越；超過　*adj.* 過量的；額外的；附加的
記憶技巧 ex- ＝出，ex-cess 表示走得超出。

例句：The bank owes a debt in **excess** of ten billion dollars.
這家銀行舉債超過一百億元。
Excess baggage will be charged. 超量的包裹要收費。

access
[`æksɛs] *n.* 進入；入口　*v.* 存取之取得（電腦）

例句：The man has **access** to the bank accounts.
此人可取得銀行帳戶。

recess
[rɪ`sɛs] *n.* 休息；休會　*v.* 放……在隱蔽處
記憶技巧 re- ＝回，re-cess 表示走回，不往前。

例句：The U.S. Congress is in **recess** now. 美國國會現在在休會中。

074　merc

merc ＝商業

merchant　商人

merchandise　商品

merchant

[`mɝtʃənt] *n.* 商人

記憶技巧 -ant ＝「人」的字尾

merchandise

[`mɝtʃən,daɪz] *n.* 商品；貨物（不可數）

聯想字：■good ＝商品，複數名詞

commerce

[`kɑmɝs] *n.* 商業；貿易

記憶技巧 com- ＝一起，com-merce 表示大家一起彼此買賣的商業。

例句：**Commerce** and industry play a big part in a country.
工商業在一個國家扮演非常重要的任務。

commercial

[kə`mɝʃəl] *adj.* 商業的；商務的　*n.* 電視；廣播中的商業廣告

記憶技巧 -ial ＝形容詞字尾，但此字亦可做為廣告（電視、廣播中）。

例句：**Commercial** English is very practical for international business.
商業英語對國際商務是非常實用的。

mercury

[`mɝkjərɪ] *n.* 水銀；汞；水星

例句：**Mercury** is used in thermometer.　水銀被使用在溫度計裡。

MP3

075 firm

firm ＝堅定的；穩固的

firm [fɝm] *adj.* 穩固的；堅固的；不變的
記憶技巧 此字亦可當「公司、事務所」意思，尤指穩固不易倒閉的律師、會計師等事務所（公司）。
firm ＝ company

例句：The house stands **firm** despite the quake.
儘管發生地震，這房子仍屹立不搖。

affirm [əˋfɝm] *v.* 斷言；申明；堅稱
記憶技巧 表示很堅定的表達。

例句：The accused **affirmed** his innocence. 被告堅稱他是無辜的。

confirm [kənˋfɝm] *v.* 證實；確定
記憶技巧 con- ＝一起，con-firm 表示很多經過堅定的確認全加在一起。

例句：You should **confirm** the reservation by calling the airliner.
你應該打電話給航空公司確定預訂位。

infirmary [ɪnˋfɝmərɪ] *n.* 醫院；醫務室
記憶技巧 in- ＝否定，in-firm-ary 表示收容身體不好之人的地方。

例句：A poor man was accepted by the **infirmary**.
醫療所接收了這個可憐的男人。

076　meter ／ metr

meter ＝米、公尺，也表示「測量、計量」的字尾，公尺為測量的單位。

meter　[ˋmitə] *n.* 米；公尺

metric　[ˋmɛtrɪk] *adj.* 公尺的；公制的
記憶技巧　以 100 或 10 進位的「度量衡」單位。
像美國用的英哩（mile）、英吋（inch）、加侖（gallon）
都不是公制。

例句：America has begun using the **metric** system gradually.
美國也已開始逐漸使用公制單位。

barometer　[bəˋrɑmətə] *n.* 氣壓計；反映指標
記憶技巧　baro- ＝大，baro-meter　表示計算大氣壓力以
及對事物變化的反映指標。

例句：The **barometer** shows a low air pressure approaching.
氣壓計顯示低氣確來臨。
Newspapers are often **barometers** of public opinion.
報紙常是反映大眾輿論的指標。

MP3

diameter

[daɪˋæmətə] *n.* 直徑

記憶技巧 dia- ＝橫越（across），dia-meter 一條直線通過圓心點，用來測量圓。

perimeter

[pəˋrɪmətə] *n.* 周；周邊；周長

記憶技巧 peri- ＝周圍之環繞，peri-meter 表示測量一個東西外圍的長度。

meteor

[ˋmitɪə] *n.* 流星；隕星

記憶技巧 把字母 o 看成一顆石頭、流星、隕石，會大至一公尺（meter）。

geo-metry

[dʒɪˋɑmətrɪ] *n.* 幾何學

記憶技巧 geo ＝與土地有關，geo-metr-y 古代為了測量土地所發明的科學。

076

077 view

view ＝看

interview　面談 ⋯⋯⋯⋯⋯

view　[vju]　*n.* 視力；視野；觀點　*v.* 觀看查看

片語：point of view ＝ viewpoint
例句：The **views** are better at the mountain top.　在山頂視野較佳。
　　　He **views** life seriously.　他以嚴肅的態度看人生。

review　[rɪ`vju]　*v.* 複習
　　　記憶技巧　re- ＝再一次，re-view　表示再看一次，為複習之意。

例句：She **reviews** her lessons before the examination.
　　　她在考試前複習了功課。

preview　[`pri,vju]　*v. n.* 預習
　　　記憶技巧　pre- ＝預先；之前，pre-view　表示預先、之前看。

例句：**Preview** makes the learning more effectual.
　　　預群使得學習更有成效。
　　　Professor Tseng **previews** the material before class.
　　　曾教授在上課之前會先預看教材。

MP3

interview

[ˋɪntɚˌvju] *v.* 會談　*n.* 面談

記憶技巧 inter- ＝交互，inter-view　表示交互地看對方。

例句：He **interviews** five job applicants.
他面談了 5 位申請者。
During the **interview**, he asks me a few questions.
在面談中，他問我一些問題。

overview

[ˋovɚˌvju] *n.* 概論；總論

記憶技巧 over- ＝在……上面；遍及，over-view　表示從上往下大略地看。

例句：The **overview** of the book shows the topics.
這本書的概論說明了主題。

078 ceive

ceive =接收

receive
[rɪ`siv] v. 接收

例句：The office **received** many calls of complaint.
辦公室收到很多抱怨的電話。

conceive
[kən`siv] v. 構思；構想；想像；懷孕
記憶技巧 con- =一起，con-ceive 表示腦海中接收在一起的想像；卵子接收了精子。

例句：I can't **conceive** why you travel alone over the world?
我無法想像你為何獨自一人環遊世界？
She **conceives** a child.
她懷了孩子。

deceive
[dɪ`siv] v. 欺騙；詐騙
記憶技巧 de- =往下，de-ceive 表示用下流的方式去接收好處。

例句：Don't be **deceived**. He is a hypocrite.
別被騙了，他是個偽君子。

MP3

cept

cept ＝接收

accept

[ək`sɛpt] *v.* 接受

記憶技巧 表示接收某物或某想法。

concept

[`kɑnsɛpt] *n.* 概念；對一類事物的觀念。

記憶技巧 con- ＝一起，con-cept 表示對一類事物，全面性接收在一起的基本看法。

except

[ɪk`sɛpt] *prep.* 除……之外

記憶技巧 ex- ＝出，ex-cept 表示排出而不接收在一起。

例句：**Except** John, everyone is coming. 除了約翰之外，每個人都來了。

exception

[ɪk`sɛpʃən] *n.* 例外

例句：There is no rule but has **exception**.
沒有一個規則是沒有例外的。（有規則必有例外）

intercept

[ˌɪntɚˋsɛpt] v. 截取;攔截;竊聽

記憶技巧 inter- =交互,inter-cept 表示在其中接受(人、事、物)。

例句:We unexpectedly **intercept** some radio signals.
我們意外地截取到一些無線電信號。

reception

[rɪˋsɛpʃən] n. 接收;接待處

記憶技巧 re- =再一次,re-cept-ion 表示一而再地接受;一而再地接收人員的地方。

例句:The people at the **reception** are friendly.
接待處的人們很友善。

receipt

[rɪˋsit] v. 收據

記憶技巧 表示接收某物的憑據。

例句:I got a **receipt** for the items I bought.
我收到我購買物品的收據。

volv／volu＝滾動

evolve [ɪˋvɑlv] *v.* 演進；發展；進化

記憶技巧 e = ex- ＝出，e-volv-e　表示事、物、人類等，不斷滾動出去的發展及變化。

例句：The battle **evolves** into a war.　這戰鬥演變成一場戰爭。

evolution [͵ɛvəˋluʃən] *n.* 演進；發展；進化

片語：the theory of **evolution** = evolutionism　進化論

例句：The evolution of human progress indicates that we are on the way to **extinction**.
人類進步的演化指出我們正朝向絕種的路上。

revolve [rɪˋvɑlv] *v.* 旋轉；週轉；周而復始

記憶技巧 re- ＝一再地，re-volv-e　表示一而再地滾動。

例句：The earth **revolves** around the sun.　地球繞著太陽旋轉。

revolving [rɪˋvalvɪŋ] *adj.* 旋轉的

片語：revolving door 旋轉門；revolving credit 循環利息

revolution [ˏrɛvəˋluʃən] *n.* 革命；革命運動；大變革
記憶技巧 re- ＝一再地，re-volu-tion 表示天體（星球）
一再地滾動；社會及政治、工業等再一次大滾動。

例句：The industrial **revolution** took place in the 18th and the early 19th centuries.
工業革命發生於十八世紀及十九世紀初。
The **revolution** of the earth around the sun takes 365 days.
地球繞太陽旋轉公轉一圈 365 天。

revolution -ary [ˏrɛvəˋluʃənˏɛrɪ] *adj.* 大革命的

例句：These people have the **revolutionary** spirit. 這些人有革命的精神。

involve [ɪnˋvalv] *v.* 捲入；連累；涉及；牽涉；包含
記憶技巧 in- ＝裡面，in-volv-e 表示滾入在裡面的意思。

例句：Tennis involves a lot of skills. 網球涉及許多技巧。

volume [ˋvaljəm] *n.* 書；卷；冊；容量；音量
記憶技巧 以前的書成卷的，得用滾動打開。

例句：An encyclopedia can reach up to hundreds of **volumes**.
一部百科全書可以達到數百冊。

MP3

081 pose

pose = 心理態度；位置；擺
姿態，我們照相時都說要擺
pose，找個適當的位置姿態。

pose [poz] *n.* 姿態；心理姿態　*v.* 擺姿態

例句：The business of the model is to set a nice **pose**.
模特兒的專業就是擺出漂亮的姿態。
She **poses** for the artist to make a portrait.
她擺姿勢讓藝術家作畫。

expose [ɪk`spoz] *v.* 曝曬；揭露
記憶技巧 ex- = 出，ex-pose　出去外面，擺 pose 在陽光下；事
情被掀出來擺在外面。

例句：Don't **expose** your skin to the sun too long.
不要曝曬在陽光下過久。
He **exposed** the plot so he exposed himself to danger as well.
他揭發了這個陰謀，所以也使自己面臨危險。

propose

[prə`poz] v. 提議；求婚

(記憶技巧) pro- ＝往前，pro-pose 表示求婚時，西方男子往前跪下，或是以前的臣子向上提議時，會有跪下的姿勢。現在對任何人提議任何事都可用 propose。

例句：Did he **propose** to you? 他向你求婚了嗎？

The representatives **propose** we should call off the game.
代表建議我們應該取消比賽。

suppose

[sə`poz] v. 假設；假想

(記憶技巧) 表示內心之外的預設姿態。

例句：Steve **supposes** what would happen if he did not go to school.
史蒂夫假想他若不去上學會發生什麼事。

dispose

[dɪ`spoz] v. 配置；處理；處分

(記憶技巧) dis- ＝分開

片語：dispose of waste 處理廢棄物

成語：Man proposes; God disposes. 謀事在人，成事在天

例句：We must **dispose** of our waste carefully. 我們必須小心處理廢棄物。

purpose

[`pɝpəs] n. 目的

(記憶技巧) 目的：乃是人在心中對其目的，有一定的位置。

例句：The main **purpose** of going to school is to learn.
上學最主要的目的就是學習。

position

[pə`zɪʃən] n. 位置；地位 v. 把……放在適當的位置

(記憶技巧) -tion ＝名詞字尾

例句：The table used to be in that **position**. 餐桌原本在那個位置。

MP3

082 spect

spect ＝觀看；看

aspect [ˋæspɛkt] *n.* 外觀；外貌；觀點
　　　　記憶技巧 就外型來看；就某方面來看。

例句：The nomads view life in a different **aspect**.
　　　遊牧民族用不同的觀點看人生。

inspect [ɪnˋspɛkt] *v.* 極查；視察
　　　　記憶技巧 in- ＝裡面，表示細心地看到裡面去。

聯想字：■inspector [ɪnˋspɛktə] *n.* 視察員；督學

例句：The inspector **inspects** the school administration system.
　　　督學視察學校的行政系統。

expect [ɪkˋspɛkt] *v.* 期待；盼望
　　　　記憶技巧 ex- ＝外，x 本身有發 s 的音，所以 x 有包含 s 在裡面，
　　　　其後不須再有 s。ex-pect　表示眼睛往外看的意思。

例句：Children **expect** life to be fun.　孩子們期待生活有樂趣。

expectation [͵ɛkspɛkˋteʃən] *n.* 期待；盼望

例句：Most parents have high **expectations** of their kids.
　　　大部分的家長對於自己的孩子都有高度的期許。

un-expected

[ˌʌnɪkˈspɛktɪd] *adj.* 意外的;意想不到的
記憶技巧 un- ＝否定;沒有,-ed ＝形容詞字尾

例句:Americans do not appreciate **unexpected** guests.
美國人不歡迎不事先通知即來訪的客人。

respect

[rɪˈspɛkt] *v.* 尊敬;尊重
記憶技巧 re- ＝再一次,re-spect 表示一而再的看。

例句:The young should **respect** the old. 年輕人應該尊敬年長者。

respectful

[rɪˈspɛktfəl] *adj.* 尊敬人的;尊重人的
記憶技巧 -ful ＝形容詞字尾,re-spect-ful 表示一而再的看。

例句:Students should be **respectful** to their teachers.
學生應該尊敬老師。

respectable

[rɪˈspɛktəbḷ] *adj.* 值得尊敬的;可敬的
記憶技巧 -able ＝可……的;值得……的

例句:The boy's courage is **respectable**. 這男孩的勇氣值得尊敬。

suspect

[səˈspɛkt] *v.* 懷疑;嫌疑 *n.* 嫌疑犯
記憶技巧 su- ＝ sub- ＝下,su-spect 表示眼珠往下看,斜眼偷偷看;被他人斜眼偷偷地看的人。

例句:The judge **suspects** his integrity. 法官懷疑他的誠實。
His statement makes him a **suspect**. 他的陳述使他成為嫌疑犯。

spectator

[spɛkˈtetɚ] *n.* 觀眾;觀看者
記憶技巧 -or ＝「人」的字尾,spect-at-or 表示在旁看的人。

例句:A professional tennis match attracts many **spectators**.
職業網球賽吸引了很多的觀眾。

spectacle

[ˈspɛktəkḷ] *n.* 景象;壯觀
記憶技巧 -acle ＝名詞字尾,spect-acle 表示眼睛所看到的;吸引眼睛的景象。

例句:Yo Yo Ma's performance is a great **spectacle**.
馬友友的表演是非同凡響。

spectacles

[`spɛktək!z] *n.* 眼鏡

記憶技巧 spect-acles = glasses（眼鏡）。

片語：a pair of spectacles　一副眼鏡

例句：My brother-in-law wears spectalces.　我的姐夫有戴眼鏡。

spectacular

[spɛk`tækjələ] *adj.* 壯觀的；奇觀的

記憶技巧 -cular ＝形容詞字尾，spect-acular　表示讓人看了會讚嘆的。

例句：Michael Jorden's move elevates basketball to be a spectacular sport.　麥克喬登的動作將籃球成為萬人注目的運動。

prospect

[`prɑspɛkt] *n.* 展望；前景；預期；盼望的事

記憶技巧 pro- ＝往前，pro-spect　表示向前看，未來看的見。

例句：The prospect of computers is endless.　電腦的展望是永無止境的。
The smart phone industry has a promising prospect.
智慧型手機的產業前景無量。

perspective

[pɚ`spɛktɪv] *n.* 透明鏡　*adj.* 透視的

記憶技巧 per- ＝貫穿徹底的，per-spect-ive　表示徹底的看穿。

例句：His theory has an interesting perspective.　他的理論透徹有趣。

circumspection

[`sɝkəm`spɛkʃən] *n.* 小心四周觀看或設想周到

記憶技巧 circum- ＝四周

例句：The manager deals with everything with circumspection.
這個管理者小心處理每件事。

retrospect

[`rɛtrə,spɛkt] *n. v.* 回顧，回想；追溯

記憶技巧 retro- ＝退；回

083 clude

clusde = 關閉，clude 與 close
兩個字唸起來有點相像。

include [ɪn`klud] *v.* 包含；包括算在內
記憶技巧 in- =內；裡面，in-clude 表示關閉在內、在裡面的意思。

例句：This budget **includes** food expense.　這份預算包括食物的開銷。

including [ɪn`kludɪŋ] *prep.* 包含；包括算在內

例句：All of us will join the contest, **including** Samuel.
　　　我們所有的人包括山姆將參加比賽。

exclude [ɪk`sklud] *v.* 除……之外；不包括
記憶技巧 ex- =外；排除，ex-clude 表示關閉其外，排除在門外。

例句：This budget **excludes** food expense.　這份預算不包括食物的開銷。

conclude

[kən`klud] *v.* 作結論

記憶技巧 con- =一起，con-clude 表示關閉在一起。

例句：The President's speech **concludes** with a positive tone.
總統的演說以積極正面的語調作為結論。

conclusion

[kən`kluʒən] *n.* 結論

片語：jump to a conclusion　貿然斷定

例句：Don't jump to a **conclusion** before you clarify it.
事情未澄清前勿貿然下結論。

seclude

[sɪ`klud] *v.* 隔離；隔絕；使隱居

記憶技巧 se- =分離（separate），se-clude 表示分離，關閉遠離。

例句：David **secludes** himself by moving to a remote island.
大衛搬至遙遠的島與世隔絕。

spire =澎湃；呼吸，
發音像似「死拍」。

inspire [ɪn`spaɪr] *v.* 鼓舞；激勵
記憶技巧 in- =內；裡面，in-spire 表示使內心澎湃。

例句：The memory of his childhood **inspires** his best music.
童年的回憶給予靈感，讓他創作了最佳音樂。

inspired [ɪn`spaɪrd] *adj.* 有靈感的
記憶技巧 -ed =形容詞字尾

片語：an inspired poet 有靈感的詩人
例句：The **inspired** poet wrote great poetry. 受靈感啟發的詩人寫出偉大的
詩集。

inspiring [ɪn`spaɪrɪŋ] *adj.* 鼓舞的；激磅的
記憶技巧 -ing =現在分詞當形容詞

例句：We are afraid that his expression is not **inspiring** at all.
我們擔心他的表達無法激勵人。

expire

[ɪk`spaɪr] *v.* 死亡；終止；期滿

(記憶技巧) ex- ＝出，

　　　ex-pire 　表示❶人已死，氣息已出身體。

　　　　　　　❷事情、事物、報名期限等的終止。

例句：My driver's license will **expire** next month.

　　　我的駕照下個月到期。

conspire

[kən`spaɪr] *v.* 陰謀；共謀；密商

(記憶技巧) con- ＝一起，con-spire 　表示一群人內心「死拍」，

　　　　　　一起共謀。

例句：He **conspired** with the enemy against our government.

　　　他與敵共謀對付我們的政府。

perspire

[pɚ`spaɪr] *v.* 流汗

(記憶技巧) per- ＝貫穿徹底的，per-spire 　表示運動完之後，心

　　　　　臟澎湃就易流汗。

例句：Running in the sun, he **perspires** profusely.

　　　在陽光下奔跑，他全身汗流夾背。

respire

[rɪ`spaɪr] *v.* 呼吸

(記憶技巧) re- ＝一再地，re-spire 　表示心臟一再地「死拍」，就

　　　　　能呼吸。

　　　respire ＝ breathe 　*v.* 呼吸

cap

cap ＝帽子；頭首，cap 乃是戴
在頭上，與頭首有關。

cap [kæp] *n.* 帽子；瓶蓋子；帽狀物

例句：Youngsters like to wear baseball **caps**.
年輕人喜歡戴棒球帽。

capital [`kæpət!] *n.* 首都；大寫字母；資金
記憶技巧 一個國家最首要的都市；句首的字母必須大寫；開創事
業最首要的要素。

例句：The **capital** of England is London. 英國的首都是倫敦。

capital - ism [`kæpət!,ɪzəm] *n.* 資本主義
記憶技巧 -ism ＝「主義」的字尾

例句：Both supply and demand are the basic principles of **capitalism**.
供需二者是資本主義兩個基本原則。

capital - ist [`kæpət!ɪst] *n.* 資本家
記憶技巧 -ist ＝「人」的字尾

例句：Mr. Bill Gats is a successful **capitalist**.
比爾蓋茲先生是成功的資本家。

MP3

captain

[`kæptɪn] *n.* 隊長；艦長；船長

記憶技巧 表示一個單位的頭頭。

例句：She is one of the cheerleader **captain** candidates.
她是啦啦隊隊長候選人（參選者）之一。

capable

[`kepəb!] *adj.* 有才能的；能幹的；能夠的

記憶技巧 -able ＝形容詞字尾，cap-able 表示頭腦很好。

片語：can 原 V ＝ be able to 原 V ＝ be capable of Ving　能夠……

例句：She is **capable** of setting up a business.
= She is able to set up a business.
她有能力創業。

capture

[`kæptʃə] *v.* 捕獲；捕捉　*n.* 掠奪；捕獲

記憶技巧 以前捕捉俘虜，必砍其頭。

例句：The photographer **captured** the babies' smiles.
攝影師捕捉了嬰兒的笑容。
The ambassador was released one month after his **capture** by terrorists.
這位大使在被恐怖份子俘虜一個月之後被釋放。

captive

[`kæptɪv] *adj.* 被俘虜的；被迷住的　*n.* 俘虜；著迷的人

記憶技巧 ❶俘虜其心。　❷以前的戰犯會被砍頭。

例句：He described the difficulties of surviving for a year as a **captive**.
她描述被俘虜的一年中度過的困難。

captivate

[`kæptə,vet] *v.* 使著迷

記憶技巧 -ate ＝動詞字尾

片語：人 be captivated by ／ with...　人為……而著迷

例句：Michael Jordan **captivates** millions of fans.
麥克喬登丹獲了成千上萬的球迷。

captivating

[`kæptə,vetɪŋ] *adj.* 令人著迷

記憶技巧 -ing ＝現在分詞當形容詞

例句：The sight of Grand Canyon is **captivating**. 大峽谷的景色令人神往。

handicap

[`hændɪ,kæp] *n.* 不利條件 *v.* 障礙

記憶技巧 hand ＝手，hand-i-cap 以前最多的殘障者是小兒麻痺，手上須戴上帽狀物，以利撐住支架或手杖，如此情形在社會上是不利的條件。

例句：He was born with a visual **handicap**.
他出生就有視障。

A **handicapped** dog can not run as quickly as a normal dog.
殘障狗無法與正常狗狗跑得一樣快。

tail

tail =尾巴

tail　尾巴

tail [tel] *n.* 尾巴

例句：A dog waves its **tail** when it is pleased.　狗高興時會搖尾巴。

tailor [`telə] *n.* 裁縫師
　　　(記憶技巧) -or ＝「人」的字尾，tail-or　表示以前所有婦女皆會縫衣，
　　　但燕尾服需得委託裁縫師處理。

例句：She had the **tailor** make an overcoat.　她請裁縫師製作一件外套。

retail [`ritel] *n. v.* 零售　*v.* 轉述；傳播
　　　(記憶技巧) re- ＝一再地，re-tail　表示產品由製造商一而再往下給最
　　　尾端的販賣者。

例句：It was she that **retailed** the rumor.　就是她散播這個謠言的。
　　　We sell the goods by wholesale, not **retail**.
　　　我們的貨品是批發不是零售。

retailer

[ri`telə] *n.* 零售商

記憶技巧 re- ＝再一，-er ＝「人」的字尾

例句：Are you a wholesaler or a **retailer**? 你是批發商或零售商？

detail

[`ditel] *v.* 詳述 *n.* 細節

記憶技巧 de- ＝往下，de-tail 表示從頭到尾說明。

片語：in detail 詳細地

例如：Please **detail** to me what happened last night.
請詳述昨晚所發生的事。
The proponent gives a full **detail** of the benefit.
這個提議者詳述其裨益。

detailed

[`di`teld] *adj.* 詳細的；仔細的

記憶技巧 -ed ＝過去分詞當形容詞

例句：The police are going to release a **detailed** report at the press conference.
在新聞記者會中，警方將發佈詳細的報告。

087 flu

flu ＝流動

flu [flu] *n.* 流行性感冒
記憶技巧 一般感冒總稱為 cold，流行性感冒則是 flu ＝ influenza。

例句：I have caught ／ got a **flu**.　我感冒了。

fluent [`fluənt] *adj.* 流利的
記憶技巧 -ent ＝形容詞字尾，flu-ent　表示語言講的流利、流暢。

例句：The foreign teacher speaks **fluent** Chinese.
這位外國老師說了一口流利的中文。

affluent [`æfluənt] *adj.* 富裕的　*n.* 支流
記憶技巧 古時候認為有河流經過之地，為富裕之地。

例句：An **affluent** society wastes a lot of money on entertainment.
富裕的社會浪費很多金錢在娛樂上。
The **affluent** turns to the south and flows into the Yellow River.
這支流轉向南走然後流入黃河。

字
根

087

fluency

[`fluənsɪ] *n.* 流暢；流利

記憶技巧 -ency ＝名詞字尾，flu-ent 表示語言講的流利、流暢。

片語：副詞片語 with fluency = fluently 流暢地

例句：The ambassador speaks German with **fluency**.
這位大使德文說地非常流利。

influence

[`ɪnflʊəns] *n.* *v.* 影響

記憶技巧 in- ＝裡面；內，-ence 名詞字尾，in-flu-ence
表示流到腦袋裡頭有所影響。

fluid

[`fluɪd] *n.* 流體

聯想字：■ gas [gæs] *n.* 氣體　■ liquid [`lɪkwɪd] *n.* 液體
　　　■ solid [`salɪd] *n.* 固體

例句：The AIDS virus is carried in the blood and other body **fluids**.
愛滋病毒在血液中及身體的流體竄動。

088 gress

gress ＝走；踏出腳步。

aggressive　有幹勁的

progress [prə`grɛs] *v.* 前進；進行；進步
記憶技巧 pro- ＝往前，gress ＝走。

例句：The building of MRT（Mass Rapid Transit）system in the city is **progressing**.
這個城市的捷運系統正在建造中。

digress [daɪ`grɛs] *v.* 脫離主題
記憶技巧 di- ＝離開（leave or depart）

聯想字：■ digression [daɪ`grɛʃən] *n.* 離題；脫軌

例句：The candidate is used to **digression**, so he is advised to speak to the point.
這個候選人習慣脫離主題 所以他被建議說話要講重點。

retrogress

[ˌrɛtrə`grɛs] *v.* 退步；進步之反義

記憶技巧 retro- ＝退；回

例句：Those students need to polish up their English, for their English ability suffers some **retrogression**.
這些學生須強化他們的英文，因為他們的英文能力有一些退步。

progressive

[prə`grɛsɪv] *adj.* 進步的；先進的；前進的

記憶技巧 台灣的「民主進步黨」→ D.D.P Democratic Progressive Party

例句：Some political parties are conservative; others are **progressive**.
有些政黨保守，而有些政黨先進。

digressive

[daɪ`grɛsɪv] 離題的；易脫節的

記憶技巧 di- ＝脫離

例句：We had a **digressive** talk last night. 我們昨晚談話離題了。

aggressive

[ə`grɛsɪv] *adj.* 侵略的；有進取心的；有幹勁

記憶技巧 -ive ＝形容詞字尾，ag-gress-ive 表示有強烈的往前走。

例句：A top saleman is always **aggressive**.
頂尖銷售員總是有幹勁的。

MP3

089 car

car = 車子

car [kɑr] *n.* 車子
(記憶技巧) 車子的總稱為 vehicle [ˋviɪk!] *n.* 運載工具

carry [ˋkærɪ] *v.* 攜帶;載運
(記憶技巧) 車子可運載,人可攜帶物品。

例句:I **carry** no money with me; therefore, I buy these shoes on my credit card. 我身上沒帶錢,所以我用信用卡買這鞋子。

cart [kɑrt] *n.* 運貨車
(記憶技巧) 超級市場的推車(shopping cart)。

carriage [ˋkærɪdʒ] *n.* 四輪馬車
(記憶技巧) -age = 名詞字尾

career [kəˋrɪr] *n.* 職業;生涯
(記憶技巧) 人就像一部車子,往前跑。

例句:My teaching is not so much a job as a **career**.
對我而言,與其說教學是一份工作,不如說是生涯事業。

> not so / as much A as B 與其說是 A,不如說是 B
> = more B than A
> = lesss A than B

cargo [ˋkɑrgo] *n.* 貨物
(記憶技巧) 車子要走,載著貨物。

090　gest

gest ＝消化，聯想發音似「擠」

ingest
[ɪn`dʒɛst] v. 嚥下；攝取
記憶技巧 in- ＝裡面，in-gest 表示擠到肚子裡的意思。

例句：This kind of insect **ingests** food in a distinct way.
這類昆蟲以獨特方式攝取食物。

congest
[kən`dʒɛst] v. 充塞；阻塞
記憶技巧 con- ＝一起，con-gest 表示擠在一起的意思。

例句：The blood congested in his brain and **caused** his death.
腦充血導致他死亡。

digest
[daɪ`dʒɛst] v. 消化
記憶技巧 di- ＝分別，di-gest 表示食物嚥下之後，營養在腸胃分別的擠出。

例句：What we eat is **digested** in the stomach.
我們所吃的東西在胃中消化了。

suggest
[sə`dʒɛst] v. 建議；提議
記憶技巧 sug- ＝在底下，sug-gest 表示擠一些意見給人。

例句：The chairman **suggested** that Tom should be expelled from the party.
主席提議湯姆應該從黨中除名。

MP3

091 road

road ＝路

road [rod] *n.* 路；道路；公路

記憶技巧 道路必有一定的寬度，否則稱為「小道」、「巷」、「弄」。

例句：I live on this **road**. 我住在這條路上。

broad [brɔd] *adj. adv.* 寬闊地

記憶技巧 路（road）加上 b 就叫做「寬廣的」。

例句：We should take a **broad** view of other cultures.
對於其它的文化，我們應持有寬廣的眼光。

abroad [əˋbrɔd] *adv.* 在國外；到國外

記憶技巧 寬廣的（broad）加上 a 就變成「國外地」，廣到國外去了。

例句：Melody earned her master's degree **abroad**.
美樂蒂到國外取得她的碩士學位。

092 ridge

ridge ＝屋脊；山脊

ridge [rɪdʒ] *n.* 屋脊；山脊
記憶技巧 想像屋脊、山脊，有一條拱線。

例句：The **ridge** of the house looks like that of the mountain.
房子的屋脊看似山的山脊。

bridge [brɪdʒ] *n.* 橋；橋樑
記憶技巧 像山脊般一樣的一條拱線。

例句：The **bridge** connects two major towns. 這座橋連接兩個主要的城鎮。

abridge [əˋbrɪdʒ] *v.* 縮短
記憶技巧 像橋一樣，可以縮短通行的路線。

例句：There are so many applicants that we can not help but **abridge** the time of interview.
太多申請者以致於我們只好縮短面談時間。

MP3

093 divi

divi ＝分；分開

字根

093

divi-de [dɪ`vaɪd] *v.* 分；劃分
記憶技巧 若用剪刀、刀類實質地將物品**劃分**（cut）。

聯想字：■ provide *v.* 提供；供給

例句：The company is **divided** into three departments.
公司分成 3 個部門。

division [dɪ`vɪʒən] *n.* 分開；分割；分部
記憶技巧 很多公司行號、機構的分部，也可稱 division ＝
branch 分部、分公司。

例句：The division of work to different people depends on their ablities.
給不同人分給不同工作乃視其才能而定。

individual [,ɪndə`vɪdʒʊəl] *adj.* 個人的　*n.* 個人；個體
記憶技巧 in- ＝裡頭，-ual ＝形容詞字尾，in-divi-du-al　表
示人群裡頭，一直分，分到最後就成為「個體」。

例句：It is only an **individual** case.　這只是一個個案。
Our whole society is much more important than **individuals**.
我們整個社會比個人重要的多。

divorce [də`vɔrs] *n.* 離婚　*v.* 離婚；分開
記憶技巧 di ＝分開。

聯想字：■ separate [`sɛpə,ret] *v.* 分開

例句：She has got a **divorce**.　她已離婚。

094 astr／aster

astr／aster ＝星星（star）

astronaut　太空人

astrology
[ə`stralədʒɪ] *n.* 占星術；占星學
記憶技巧 -ology ＝學科字尾，
astr-ology 利用星星來分析一個人的命運。

astrolog-er
[ə`stralədʒɚ] *n.* 占星家
記憶技巧 -er ＝「人」的字尾，
astr-olog-er　表示研究占星學的人。

astronomy
[əs`tranəmɪ] *n.* 天文學
記憶技巧 nomy ＝代表一門學問，
astr-onomy　表示是研究星星是一門學問。

astronom-er
[ə`stranəmɚ] *n.* 天文學家

astronaut
[`æstrə,nɔt] *n.* 太空人；宇航員
記憶技巧 naut ＝船員，astr-o-naut　表示跑到星星上的船員，此字很特別，就像此職業的人很特別，不以 er 為人的字尾。

MP3

disaster

[dɪˈzæstə] *n.* 災害；災難；不幸

記憶技巧 dis- =否定；不，dis-aster 表示不好的星星掉下來，有大災難。

例句：The 911 attack on America is a **disaster**.
美國發生 911 的攻擊事件是個大災難。

disastrous

[dɪˈzæstrəs] *adj.* 災害的；悲慘的

例句：Carelessness results in **disastrous** accidents.
粗心大意導致不幸的意外。

094

tract ＝吸引；拉引

attract [ə`trækt] v. 吸；吸引

聯想字：■ attractive [ə`træktɪv] adj. 有吸引力的
　　　　■ attraction [ə`trækʃən] n. 吸引力

例句：It is said that the opposite sexes **attract** each other.
　　　據説異性相吸。

tractor [`træktə] n. 牽引機；拖拉機

記憶技巧 -or ＝字尾表「者」，tract-or 表示一台可以拉引機器的「拉引者」。

distract [dɪ`strækt] v. 轉移；使分心

記憶技巧 dis- ＝離開，dis-tract 表示將人的心拉離。

例句：The noise **distracted** him from listening to the English program.
　　　噪音使他分心而無法聽英文節目。

MP3

contract

[`kɑntrækt] *n.* 契約；合同　　　[kən`trækt] *v.* 收縮；縮小

記憶技巧 一份契約，可以在彼此間產生拉在一起（con）又互相牽制的作用。

例句：We signed a **contract** to rent a cabin.　我們簽下小屋的租約。
　　　Whenever he ponders, he always **contracts** his eyebows.
　　　每當他沉思時，他總是皺緊眉頭。

extract

[ɪk`strækt] *v.* 拔出；抽出　　*n.* 摘錄；精

記憶技巧 ex- =出，ex-tract（動詞）表示拉引出來；ex-tract（名詞）表示拉引出來的精華。

例句：He **extracted** a document from an envelope.
　　　他從信封裡抽出一份文件。
　　　The author makes **extracts** from Shakespeare's writings.
　　　這位作者從莎士比亞作品中做摘錄。

subtract

[səb`trækt] *v.* 減去；去掉

記憶技巧 sub- =往下，sub-tract　表示數字、數量往下拉。

例句：**Subtract** 3 from 10 and you have 7.　10 減 3 剩下 7。

字根

095

custom ＝風俗；習慣

customs 海關 ·········

customs

[ˋkʌstəmz] *n.* 海關；關稅；風俗；習慣

記憶技巧 各國的海關會根據其風俗、習慣規定其檢查項目；此字為「海關、關稅」時，作複數加 s，當為「風俗、習慣」時，則單數不加 s，複數則加 s。

例句：It is a Chinese **custom** to give children red envelopes on the Chinese New Year's Eve.
中國年的除夕夜給小孩子紅包是華人的一種習俗。
When we go through the **customs**, our luggage will be checked.
我們通過海關時要檢查行李。

accustom

[əˋkʌstəm] *v.* 使習慣

記憶技巧 ac - ＝使

片語：get／（be）used to N／Ving　習慣於……
　　 ＝ get／（be）accustomed to N／Ving

例句：The Americans are **accustomed** to drinking coffee at breakfast.
美國人習慣在早餐喝咖啡。

customer

[ˋkʌstəmɚ] *n.* 顧客

記憶技巧 -er ＝「人」的字尾，custom-er　表示習慣在某間商店購買的人。

◆ 240 ◆

例句：**Customers** are always right.　顧客總是對的。

MP3

dress＝洋裝；穿衣

dress　[drɛs] *v.* 穿衣；打扮　*n.* 洋裝

片語：get／be dressed in＋衣服種類／顏色　穿……種類或顏色的衣服

例句：The mother is **dressing** all of her children.
這位媽媽正在給她的所有小孩們打扮。
Those who attended the funeral this morning were **dressed** in black.
今天早上參加喪禮的人都穿著黑色。

address　[əˋdrɛs] *n.* 住址；地址　*v.* 演說；致詞

片語：e-mail address　電子郵件地址
Deliver an address of thanks　致謝詞

例句：The candidate **addressed** a large audience.
這位候選人對著一大群眾演說。

098 nounc

nounc ＝發出聲音，發音像似「鬧死」。

announce
[ənaʊns] *v.* 宣佈；發佈
記憶技巧 an- ＝使，a ＋重複後字根的第一個子音，常表示「使……」。an-nounce 宣佈一定要發出聲音來宣告。

例句：They formally **announce** their marriage to the reporters.
他們正式向記者宣佈他們結婚了。

pronounce
[prənaʊns] *v.* 發音
記憶技巧 各種語言的發音，即發聲的意思。

例句：Most Japanese can not **pronounce** " r" clearly.
大多的日本人無法清楚地發出「r」的音。

denounce
[dɪnaʊns] *v.* 指責；譴責
記憶技巧 de- ＝往下，de-nounce 對不好的事情當眾發出聲音，往下指責。

例句：The terrorists were vigorously **denounced** for their cruel behavior.
恐怖份子殘忍的行為受到激烈譴責。

pronunciation
[prə,nʌnsɪeʃən] *n.* 發音
記憶技巧 -ation ＝名詞字尾。

例句：This word has two different **pronunciations**.
這個字有 2 種不同的唸法。

MP3

099 ply

ply ＝應用

apply　[əplaɪ]　*v.* 塗；敷；舖在表面；應用；申請

片語：apply to 單位或機構 for 證照、許可或入學許可……等。

聯想字：■house appliance　家電用品

例句：She **applied** to the bank for a loan.
她向銀行申請貸款。
She **applied** the ointment to the wound.
她在傷口塗上藥膏。
The new technology can be **applied** to solving the problems.
這新的科技可以被應用來解決這些問題。
The college graduate has **applied** to the university for graduate programs.
這個大學畢業生已經向這所大學申請研究所課程。

imply　[ɪmplaɪ]　*v.* 暗指；暗示
記憶技巧　im- = in- ＝裡頭，im-ply　表示應用在裡頭。

例句：Silence often **implies** consent.　沉默通常暗示著認同。

supply

supply [səplaɪ] *v.* 供應　*n.* 供給；供應物

片語：supply／provide　人　with　東西　供應東西給某人
　　　＝ supply／provide　東西　for 某人

例句：Parents **supply** food, clothing, shelter for their children.
　　　父母親提供食、衣、住給孩子。
　　　In respect to the employment market, **supply** should meet demand.
　　　關於就業市場，供需應相配合。

comply

comply [kəmplaɪ] *v.* 依從；順從；順應
記憶技巧　com- ＝一起，com-ply　表示同意與他一起應用。

例句：Soldier should **comply** with the martial rules.
　　　軍人應該遵守軍規。

reply

reply [rɪplaɪ] *v. n.* 回覆；回應
記憶技巧　re- ＝回

例句：Please **reply** as soon as possible　請盡速回覆。
　　　She made no **reply**.　她沒有回覆。

MP3

rest ＝休息

rest [rɛst] *v. n.* 休息

片語：take a rest = take a break

例句：The snake **rests** beneath the leaves.
蛇棲息在樹葉下。
Let's take a **rest**.
我們來休息一下！

arrest [ərɛst] *v. n.* 逮捕；拘留
記憶技巧 ar- ＝使……

例句：The police arrest the prisoner.
警察逮捕了犯人。
The policeman shouted, " You are under **arrest**."
這警員大聲說：「你被逮捕了。」

101 range

range ＝排列；範圍

range [rendʒ] *v. n.* 排列；一系列

例句：The Central Mountains **range** from I-Lan to Taitung.
中央山脈分佈從宜蘭從台東。
We offer a **range** of prices from 99 cents to 100 dollars.
我們提供的價格範圍從 99 分錢到 100 元。

arrange [ə`rendʒ] *v.* 整理；佈置
記憶技巧 ar- ＝使……，ar-ranbe　表示排列整齊，有計劃的安排。

例句：The florist is **arranging** flowers in a vase.
這位花匠正將花插置於花瓶中。

MP3

tend ＝傾向；趨向

tend
[tɛnd]　v. 走向；趨向

片語：tend to V.　傾向……；易於……
例句：The material **tends** to shrink.　這材質容易縮水。

attend
[ə`tɛnd]　v. 參加；出席
記憶技巧　at- ＝使……，at-tend　表示親自走向某處。

例句：We will **attend** a wedding tonight.　今晚我們將參加一場婚禮。

extend
[ɪk`stɛnd]　v. 伸展；延伸
記憶技巧　ex- ＝往外；出，ex-tend　表示往外走，即表示延伸。

例句：The highway has been **extended** to our village.
　　　高速公路已延伸到我們的村落。

contend

[kən`tɛnd] *v.* 爭奪

記憶技巧 con- ＝一起，表示大家的心一起走向某事物。

例句：The twin sisters **contend** for the doll.
這雙胞胎姐妹爭奪一個洋娃娃。

intend

[ɪn`tɛnd] *v.* 打算

記憶技巧 in- ＝裡頭，in-tend 表示內心裡面懷有意向。

例句：I **intend** to go abroad for advanced study.
我打算出國深造。

pretend

[prɪ`tɛnd] *v.* 假裝

記憶技巧 pre- ＝之前；預先，pre-tend 表示在事前內心即懷有意向。

例句：She **pretends** to be innocent. 他假裝無辜。

103 parent

parent ＝雙親之一

parent [ˋpɛrənt] *n.* 雙親之一

聯想字：■ single parent　單親

apparent [əˋpærənt] *adj.* 明顯的；顯然的

記憶技巧 要知道一個孩子是誰的，在台語有一句話：「看面就知道」，意思是像雙親，是很明顯的。

例句：It is **apparent** that Paul is the boy's father because they are much alike.
很明顯保羅是這孩子的父親，因他們極為相像。
Apparently, SARS can spread through saliva.
很顯然地，SARS 能夠透過唾液傳染。

scope ＝觀察……器具；……鏡

scope [skop] *n.* 觀察的器具（智力、研究、活動的範圍）
記憶技巧 觀察的用具，可縮減其範圍研究探索。

telescope [`tɛlə,skop] *n.* 望遠鏡
記憶技巧 tele- ＝遙遠

microscope [`maɪkrə,skop] *n.* 顯微鏡
記憶技巧 micro- ＝微小

聯想字：■ microscopic [`maɪkrə`skɑpɪk] *adj.* 微小的

kaleidoscope [kə`laɪdə,skop] *n.* 萬花筒
記憶技巧 千變萬花的鏡。

聯想字：■ kaleidoscopic [kə,laɪdə`skɑpɪk] *adj.* 千變萬化的

stethoscope [`stɛθə,skop] *n.* 聽診器
記憶技巧 醫生用來觀察病人的器具。

horoscope [`hɔrə,skop] *n.* 占星術；天象觀測；星座
記憶技巧 古時用一些觀察的器具，觀天象以知其命運。

MP3

字尾

105 ▶ -tain

-tain ＝保有

mountain [maʊntn] *n.* 山
記憶技巧 保有很多的土，堆積成山。

聯想字：■ amount *v.* 總計 *n.* 總數；總額；數量

attain [əten] *v.* 獲得；到達
記憶技巧 保有某些成就。

例句：It takes a lot of time and efforts for him to **attain** the position.
他花了很久的時間和努力才到達這個職位。

contain [kənten] *v.* 包含；包括
記憶技巧 con- ＝一起，con-tain 表示保有一些東西在一起。

片語：contain... = consist of... = comprise 包含……；包括……
= be composed of = be made up of...

例句：The squad **contains** 25 members. 這小隊包含 25 名成員。

MP3

retain

[rɪten] *v.* 保有；維持

記憶技巧 re- =回，re-tain 表示對於過去的東西，回去re- 保有它。

例句：The immigrants **retain** the customs of their original countries.
這些移民者仍保有他們祖國的風俗習慣。

obtain

[əbten] *v.* 獲得

記憶技巧 保有某些東西。

例句：He obtains the first place.
他獲得第一名。

maintain

[menten] *v.* 保持；保養；保存

記憶技巧 持續保有。

例句：Both of us have **maintained** friendship for 20 years.
我們兩人已維持 20 年的友誼。

106 -less

-less ＝形容詞字尾，表示「否定」，以下的名詞加上 less 字尾則表示「沒……的」、「不……的」。

hopeless　失去希望的

homeless　無家的

careless
[ˋkɛrlɪs] *adj.* 粗心的

記憶技巧　care ＝關心；在乎，care-less　表示不在乎，為粗心的意思。

聯想字：■ careful　[ˋkɛrfəl]　*adj.* 仔細的

useless
[ˋjuslɪs] *adj.* 無用的

記憶技巧　use ＝使用；用，use-less　表示無用的。

聯想字：■ useful　[ˋjusfəl]　*adj.* 有用的

例句：It is **useless** crying over spilt milk.　覆水難收。

MP3

hopeless
[ˋhoplɪs] *adj.* 失去希望的
記憶技巧 hope ＝希望，hope-less　表示沒希望。

聯想字：■ hopeful [ˋhopfəl] *adj.* 抱有希望的
例句：She felt **hopeless** as she lost her only son.
失去了獨生子，她感到絕望。

homeless
[ˋhomlɪs] *adj.* 無家的
記憶技巧 home ＝家，home-less　沒有家可歸。

聯想字：■ homely [ˋhomlɪ] *adj.* 家常的；樸素的
例句：They raised the fund for the **homeless**.
他們為遊民籌募基金。

needless
[ˋnidlɪs] *adj.* 不必要的
記憶技巧 need ＝需要，need-less　不需要。

聯想字：■ needful [ˋnɪdfəl] *adj.* 需要的
例句：It is **needless** to say that education is essentail.
毋庸置疑，教育是必不可少的。

priceless
[ˋpraɪslɪs] *adj.* 有錢買不到的
記憶技巧 price ＝價格，price-less　無價的。
priceless ＝ valuable *adj* 無價的；珍貴的

reckless
[ˋrɛklɪs] *adj.* 不注意的；魯莽的
記憶技巧 reck ＝注意，reck-less　不注意、不顧後果的。

例句：A **reckless** motorcyclist weaves through the vehicles.
魯莽的騎士穿梭車輛之間。

unless
[ʌnˋlɛs] *conj.* 除非
記憶技巧 un- ＝否定；除，un-less　表示除非的意思。

聯想字：■ or [ɔr] *conj.* 否則＝ or else ＝ otherwise
例句：**Unless** you witness all of it, you won't understand how scary it is.
除非你親自目睹一切，可則你不會了解多可怕。

107 -cide

-cide ＝殺，發音似「殺」

patricide [`pætrɪ,saɪd] *n.* 弒父（罪）
記憶技巧 patr ＝父親，pa 的發音像「爸」。

matricide [`metrə,saɪd] *n.* 弒母（罪）
記憶技巧 matri ＝母親，ma 的發音像「媽」。

infanticide [ɪn`fæntə,saɪd] *n.* 殺嬰罪
記憶技巧 infant ＝嬰兒。

例句：Underdeveloped countries sometimes had many cases of **infanticide**.
低度開發國家有時有殺嬰事件。

pesticide [`pɛstɪ,saɪd] *n.* 殺蟲劑
記憶技巧 pest ＝害蟲

聯想字：■ pet [pɛt] *n.* 寵物

例句：**Pesticide** is often used by farmers to kill pests.
農夫經常使用殺蟲劑殺死害蟲。

MP3

insecticide

[ɪnˋsɛktə,saɪd] *n.* 殺蟲劑

記憶技巧 insect *n.* 昆蟲

例句：Insecticide, for example, D.D.T. can kill insects.
殺蟲劑，例如像 DDT 可以殺昆蟲。

suicide

[ˋsuə,saɪd] *n.* 自殺

片語：commit suicide　自殺

聯想字：■ suicidal [,suəˋsaɪd!] *adj.* 自殺的
　　　　■ suicidal attack　自殺攻擊

例句：Do not commit **suicide**. It is a self murder.
不可自殺，自殺是一種自謀殺人。

decide

[dɪˋsaɪd] *v.* 下決定

記憶技巧 de- ＝往下，de-cide　表示快刀斬亂麻地作下決定。

co - incide

[,koɪnˋsaɪd] *v.* 同時發生

記憶技巧 co- ＝一起，in ＝入，co-in-cide　表示事情同時
一起切入的意思。

例句：Clouds often **coincide** with rain.　雲通常與雨同時而來。

co - incidence

[koˋɪnsədəns] *n.* 巧合；符合；湊巧

記憶技巧 -ence ＝名詞字尾

例句：What a **coincidence**! I meet you here.
多麼湊巧啊！我居然在此遇見你。

germicide

[ˋdʒɝmə,saɪd] *n.* 殺菌劑

記憶技巧 germ *n.* 菌

例句：The killing of germs is referred to as **germicide**.
殺死細菌指的就是殺菌。

108 -tribute

-tribute ＝進貢；
貢物；給予

attribute [`ætrə,bjut] v. 把……歸因於
記憶技巧 將成果歸功於某人、某物。

例句：He **attributes** his success to good luck.
他將成功歸因為於好運。

contribute [kən`trɪbjut] v. 捐獻；捐助
記憶技巧 con- ＝一起，con-tritube 表示大家一起將錢財或資料給某機構。

例句：He **contributes** generously to the Red Cross.
他慷慨地捐獻給紅十字會。

distribute [dɪ`strɪbjʊt] v. 分發；分配
記憶技巧 dis- ＝分別

例句：Santa Claus **distributes** the gifts to the poor families.
聖誕老人分送禮物給貧困的家庭。

MP3

-titude 表「狀態」，
為抽象名詞的字尾。

attitude
[ˋætətjud] *n.* 態度
記憶技巧 均屬抽象名詞，透過中文翻譯。試著去譯出有「度」
的字在內，來幫助記住其意義。

例句：We should take an optimistic **attitude** toward our life.
我們應該對生命採樂觀的態度。

altitude
[ˋæltə‚tjud] *n.* 高度

例句：The plane flew at an **altitude** of 4,000 kilometers.
這架飛機在四千公里的高空飛行。

aptitude
[ˋæptə‚tjud] *n.* 傾向度；習性；人的性向

例句：She shows an **aptitude** for music.　她對音樂方面有天資。
Before entering the school, students need to take an **aptitude** test.
就學之前，學生們需要參加性向測驗。

latitude

[ˈlætə,tjud] *n.* 緯度

例句：The latitude of the island is 30 degrees north.
該島位於北緯 30 度。

longitude

[ˈlɑndʒəˈtjud] *n.* 經度

例句：The volcano is at longitude 30 degrees west.
這座火山位於西經 30 度。

gratitude

[ˈgrætə,tjud] *n.* 感謝的程度

例句：It is hard to express my gratitude.
很難表達我的感激之意。

solitude

[ˈsɑlə,tjud] *n.* 孤獨；寂寞
記憶技巧 sole ＝單獨（alone）

例句：Many Japanese old people live in solitude.
許多日本老人獨居。

magnitude

[ˈmægnə,tjud] *n.* 巨大
記憶技巧 mag ＝巨大（mega）

例句：The 921 earthquake registered **magnitude** 7.3 degrees on the Richter's Scale.
921 地震記錄在芮氏規模地震儀為 7.3 級。

MP3

110 -y

-y = 小小、兒語或暱稱

daddy
[ˋdædɪ] *n.* 老爹；爹爹；爸爸
記憶技巧 daddy = dad

puppy
[ˋpʌpɪ] *n.* 小狗

聯想字：■ puppy love 純純之愛　　■ dog [dɔg] *n.* 狗狗

例句："**Puppy** love" is an informal term for feelings of romance during childhood and adolescence.
「純純的愛」是一種非正式的用語，表示小時候或青少年時期的浪漫情感。

pony
[ˋponɪ] *n.* 小馬

聯想字：■ horse [hɔrs] *n.* 馬

kitty
[ˋkɪtɪ] *n.* 小貓

聯想字：■ cat [kæt] *n.* 貓

例句："**Kitty**" could be a pet name or a child's name for a kitten or a cat.
「凱蒂」可以是寵物或小孩的名字，表示小貓咪或貓咪。

ducky

[ˋdʌkɪ] *n.* 小鴨子

聯想字：■duck [dʌk] *n.* 鴨子

例句：A **ducky**, a duckie or a duckling all could mean a little duck.
「ducky」、「duckie」或「duckling」意思都是小鴨鴨。

piggy

[ˋpɪgɪ] *n.* 小豬

記憶技巧 piggy ＝ pigling ＝ piglet

聯想字：■pig [pɪg] *n.* 豬　　　■piggy bank *n.* 撲滿；儲蓄罐

bunny

[ˋbʌnɪ] *n.* 兔子；小兔子

聯想字：■rabbit [ˋræbɪt] *n.* 兔子　　■hare [hɛr] *n.* 野兔

例句：A **bunny** is a child's term for a rabbit.　小兔兔是兒語，表示兔子。
Easter **bunny** is an imaginary rabbit bringing gifts to children at Easter.
復活節兔子是被想像出來的一種兔子，會在復活節帶給孩子們禮物。

Johnny

[ˋdʒɑnɪ] *n.* 強尼

記憶技巧 Johnny 為 John 的暱稱。

補充：有時不是 y 的字尾，而是 ie，表「兒語」；「暱稱」。
　　　例如：auntie [ˋænti] 嬸嬸；姑姑；阿姨；舅媽。
　　　人名：Abby 或 Abbie
　　　　　　Anny 或 Annie
　　　　　　Mary 或 Marie（女生名）
　　　　　　Eddy 或 Eddie（男生名）

MP3

-en ＝使變成為……，表示「動詞化」。有時 en- 放字首，也表示「動詞化」，＝使變成為……，見 49 頁。

deepen [`dipən] *v.* 使深；加深
記憶技巧 使變成為深。

聯想字：■ deep [dip] *adj.* 深的；濃厚的
　　　　 ■ deepness [`dipnɪs] *n.* 深度，等同 depth [dɛpθ]
諺語：Beauty is only skin deep.　美麗是膚淺的。
例句：They are going to **deepen** the ditch.　他們將挖深溝渠。

tighten [`taɪtn] *v.* 使變緊；束緊
記憶技巧 使變成為緊的。

聯想字：■ tight [taɪt] *adj.* 緊的
例句：Losing his job, he has no choice but to tighten his belt.
　　　 失去了工作，他只好束緊腰帶（節省開支）。

loosen [`lusn] *v.* 使鬆弛
記憶技巧 使變成為鬆弛的。

聯想字：■ loose [lus] *adj.* 鬆的

widen [`waɪdn] *v.* 使闊；使變寬
記憶技巧 使變成為寬廣。widen ＝ broaden

聯想字：■ wide [waɪd] *adj.* 寬闊的，wide ＝ broad　　■ width [wɪdθ] *n.* 寬度
例句：Reading books broadens／widens your knowledge.　閱讀增廣知識。

steepen [`stipən] *v.* 使險峻；使陡峭

聯想字：■ steep [stip] *adj.* 陡峭的
例句：The flood **steepened** the slope.　洪水使得這陡坡更陡峭。

straighten

[ˋstretn] *v.* 使變直

記憶技巧 使變成為直。

聯想字：■ straight [stret] *adj.* 直的

例句：Physical therapy helps to straighten his back.
物理治療有助於伸直他的背。

sharpen

[ˋʃɑrpn] *v.* 削尖；使尖銳

記憶技巧 使變成為尖的。

聯想字：■ sharp [ʃɑrp] *adj.* 尖銳的

例句：A pencil sharpener can sharpen pencils easily.
削鉛筆機可以輕鬆地削鉛筆。

lengthen

[ˋlɛŋθən] *v.* 使加長

記憶技巧 使變成為長的。

聯想字：■ long [lɔŋ] *adj.* 長的　■ length [lɛŋθ] *n.* 長度

例句：Our government planned to lengthen the education to 12 years.
政府計畫延長至 12 年的教育。

strengthen

[ˋstrɛŋθən] *v.* 使強化

記憶技巧 使變成為強壯；使變成為有力氣。

聯想字：■ strong [strɔŋ] *adj.* 強壯的
　　　　■ strength [strɛŋθ] *n.* 力氣；力量；能力

例句：How can I strengthen my English oral ability?
如何加強我英文的口語能力？

flatten

[ˋflætn] *v.* 使平坦

記憶技巧 使變成為平坦的。

聯想字：■ flat [flæt] *adj.* 平坦的

例句：The typhoon **flattened** these buildings.
颱風夷平了這些建築物。

112 -nnel

-nnel 常含有「管道」的意思。

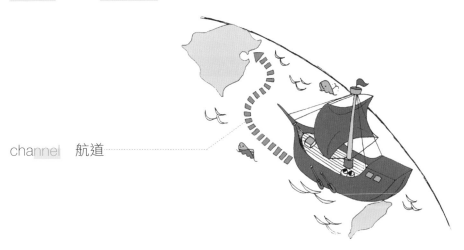

channel 航道

channel [`tʃæn!] *n.* 水道；航道；海峽（海水之道）；管道；頻道

例句：You can make complaint through a proper **channel**.
透過適當管道，你可申訴抱怨。

tunnel [`tʌn!] *n.* 隧道；地道；坑道

例句：The train goes through the **tunnel**. 火車穿過山洞。

funnel [`fʌn!] *n.* 漏斗；煙囪

例句：He poured the oil through a **funnel**. 將油注入漏斗。

1 -er **2** -or **3** -ar **4** -ist **5** -cian **6** -ian **7** -ant **8** -ee

1 -er

單字	音標	字義
owner	[`onə]	擁有者
swimmer	[`swɪmə]	游泳者
lawyer	[`lɔjə]	律師
designer	[dɪ`zaɪnə]	設計者
programmer	[`progræmə]	程式設計師
interpreter	[ɪn`tɜprɪtə]	口譯人員

2 -or

單字	音標	字義
doctor	[`dɑktə]	醫生
operator	[`ɑpə,retə]	操作者
professor	[prə`fɛsə]	教授
translator	[træns`letə]	翻譯人員

以上的字尾基本上的意思是「人」，但今日很多機器、機械取代人的功能，所以有時是器具類的名詞。

fighter	[`faɪtə]	戰士；鬥士；戰鬥機
detector	[dɪ`tɛktə]	發現者；探測器
cooker	[`kʊkə]	炊具；鍋子等（不是人哦，廚師是 cook）

3 -ar

單字	音標	字義
beggar	[`bɛgə]	乞丐
scholar	[`skɑlə]	學者
burglar	[`bɜglə]	竊賊；入屋行竊者
liar	[`laɪə]	說謊者

4 -ist

單字	音標	字義
typist	[`taɪpɪst]	打字員
artist	[`artɪst]	藝術家
chemist	[`kɛmɪst]	化學家
scientist	[`saɪəntɪst]	科學家
physicist	[`fɪzɪsɪst]	物理學家
pianist	[pɪ`ænɪst]	鋼琴家
communist	[`kɑmjʊ,nɪst]	共產主義者
capitalist	[`kæpətḷɪst]	資本家
ecologist	[ɪ`kɑlədʒɪst]	生態學者
florist	[`flɔrɪst]	花商；種花者
biologist	[baɪ`ɑlədʒɪst]	生物學家
environmentalist	[ɪn,vaɪərən`mɛntḷɪst]	環境保護論者；環境論者
tourist	[`tʊrɪst]	觀光寢；觀光者
journalist	[`dʒɝnəlɪst]	新聞從業人員

5 -cian

單字	音標	字義
physician	[fɪ`zɪʃən]	內科醫生
politician	[,pɑlə`tɪʃən]	政治家
magician	[mə`dʒɪʃən]	魔術師
musician	[mju`zɪʃən]	音樂家
beautician	[bjʊ`tɪʃən]	美容師

6 -ian

單字	音標	字義
Italian	[ɪ`tæljən]	義大利人
Canadian	[kə`nedɪən]	加拿大人
veterinarian	[,vɛtərə`nɛrɪən]	獸醫師
librarian	[laɪ`brɛrɪən]	圖書館員；圖書館館長
pedestrian	[pə`dɛstrɪən]	步行者；行人

字尾

◆ 267 ◆

7 -ant

單字	音標	字義
applicant	[`æpləkənt]	申請者；申請人
accountant	[ə`kaʊntənt]	會計師；會計人員
assistant	[ə`sɪstənt]	助手；助理；店員
merchant	[`mɝtʃənt]	生意人
tyrant	[`taɪrənt]	暴君

有些「人」的名詞並無以上的特徵（字尾），在各種考試中，卻是常出現，頗受命題者的喜愛。

athlete	[`æθlit]	運動類；體育家
surgeon	[`sɝdʒən]	外科醫生
architect	[`ɑrkə,tɛkt]	建築師
attorney	[ə`tɝnɪ]	律師
mechanic	[mə`kænɪk]	機械工；技師
critic	[`krɪtɪk]	批評者；批評家
cook	[kʊk]	廚師
astronaut	[`æstrə,nɔt]	太空人
champion	[`tʃæmpɪən]	冠軍者

8 -ee 被……的人

單字	音標	字義
employee	[,ɛmplɔɪ`i]	受雇者；職員；雇員
refugee	[,rɛfjʊ`dʒi]	被迫的人；難民
examinee	[ɪg,zæmə`ni]	應虐者；被考者
retiree	[rɪ,taɪə`ri]	退休人員
interviewee	[,ɪntəvju`i]	被面試者
invitee	[,ɪnvaɪ`ti]	被邀者
appointee	[ə,pɔɪn`ti]	被任命者
nominee	[,nɑmə`ni]	被提名者
trustee	[trʌs`ti]	被委託之人；受託人
payee	[pe`i]	受款人；收款人

1 -ics **2** -ology **3** -ing

1 -ics

單字	音標	字義
mathematics = math	[ˌmæθəˈmætɪks]	數學
civics	[ˈsɪvɪks]	公民學
physics	[ˈfɪzɪks]	物理學
economics	[ˌikəˈnɑmɪks]	經濟學
phonetics	[foˈnɛtɪks]	語音學
statistics	[stəˈtɪstɪks]	統計學
linguisics	[lɪŋˈgwɪstɪks]	語言學

2 -ology

單字	音標	字義
biology	[baɪˈalədʒɪ]	生物學
ecology	[ɪˈkalədʒɪ]	生態學
geology	[dʒɪˈalədʒɪ]	地質學
psychology	[saɪˈkalədʒɪ]	心理學
meteorology	[ˌmitɪəˈralədʒɪ]	氣象學
zoology	[zoˈalədʒɪ]	動物學
physiology	[ˌfɪzɪˈalədʒɪ]	生理學
archeology	[ˌɑrkɪˈalədʒɪ]	考古學
technology = tech	[tɛkˈnalədʒɪ]	工藝學；科技
dermatology	[ˌdɝməˈtalədʒɪ]	皮膚醫學

3 -ing

單字	音標	字義
engineering	[ˌɛndʒəˈnɪrɪŋ]	工程學
accounting	[əˈkaʊntɪŋ]	會計學
gardening	[ˈgardnɪŋ]	園藝學

字尾

115 -ware

-ware ＝器具

ware
[wɛr] *n.* 器皿　*v.* 當心

聯想字：■ vessel ［ˋvɛsḷ］ *n.* 器皿；血管；船
　　　　■ instrument ［ˋɪnstrəmənt］ *n.* 器具；儀器

software
［ˋsɔft,wɛr］ *n.* 軟體；軟件（電腦的）

hardware
［ˋhɑrd,wɛr］ *n.* 金屬器件；五金器具；硬體

silverware
［ˋsɪlvɚ,wɛr］ *n.* 銀器；銀餐具

houseware
［ˋhaʊs,wɛrz］ *n.* 家庭用品；家用器具

MP3

warehouse [`wɛr,haʊs] *n.* 倉庫；貨棧（放器具的地方）

earthen -ware [`ɝθən,wɛr] *n.* 陶製品

metalware [`mɛtl̩,wɛr] *n.* 金屬器具

silverware [`sɪlvə,wɛr] *n.* 銀器

copperware [`kɑpə,wɛr] *n.* 銅器

brassware [`bræs,wɛr] *n.* 黃銅器

woodenware [`wʊdn,wɛr] *n.* 木器

chinaware [`tʃaɪnə,wɛr] *n.* 陶瓷器

stoneware [`ston,wɛr] *n.* 石器

tableware [`tebl̩,wɛr] *n.* 碗盤餐具

glassware [`glæs,wɛr] *n.* 玻璃器具

字
尾

115

116 -et ／ -ette ／ -let

-et ／ -ette ／ -let ＝小的東西

cigaret　香煙

cabinet [`kæbənɪt] *n.* 櫥；櫃　*adj.* 內閣的
記憶技巧 表示櫥櫃的容納量是比 cabin（小屋）還小；表示在一群官員中，挑選一小群組成內閣。

cigaret [ˌsɪɡəˈrɛt] *n.* 香煙
記憶技巧 比雪茄小的，cigaret ＝ cigarette [ˌsɪɡəˈrɛt]

聯想字：■cigar [sɪˈɡɑr] *n.* 雪茄

wallet [`wɑlɪt] *n.* 皮夾子
記憶技巧 跟牆一樣扁扁的形狀，但較小。

聯想字：■wall [wɔl] *n.* 牆

bucket [`bʌkɪt] *n.* 水桶
記憶技巧 小的水桶，比木桶（barrel）小。

聯想字：■barrel [`bærəl] *n.* 木桶

MP3

closet [`klɑzɪt] *n.* 小密室；衣櫥；碗櫥
記憶技巧 以前用「W.C」來表示廁所，water closet 為有沖水的小密室。

聯想字：■close [klos] *v.* 關　*adj.* 密集的

blanket [`blæŋkɪt] *n.* 先毯；毯子
記憶技巧 一張掛在夜晚的白毯子，就像在夜空中，塗上一個小小的空白處。

聯想字：■blank　*adj.* 空白的　*n.* 空白處

tablet [`tæblɪt] *n.* 刻寫板；藥錠
記憶技巧 就像縮小的各種形狀的桌子（table）。

聯想字：■table [`tebl] *n.* 桌子

comet [`kɑmɪt] *n.* 慧星
記憶技巧 托著長尾巴而來的小星。

聯想字：■come [kʌm] *v.* 來

planet [`plænɪt] *n.* 行星
記憶技巧 上帝創造時的計劃（plan），在太陽周圍，放一些比太陽小的星。

toilet [`tɔɪlɪt] *n.* 廁所；馬桶
記憶技巧 toilet = W.C = restroom = lavatory 廁所
表示辛苦解放體內廢物的小小地方。

ticket [`tɪkɪt] *n.* 車票；票
記憶技巧 標以記號的小紙條。

聯想字：■tick [tɪk] *n.* 滴答聲　*v.* 標以記號

booklet [`bʊklɪt] *n.* 小冊子
記憶技巧 booklet = pamphlet = brochure

聯想字：■book [bʊk] *n.* 書

piglet

[ˋpɪglɪt] *n.* 小豬

例句：A sow can give birth to a litter of as many as 12 **piglets**.
一隻母豬能一胎生出多達十二隻小豬。

eyelet

[ˋaɪlɪt] *n.* 針眼；裁縫針的針孔

例句：Jesus said that it is harder for a rich man to enter Heaven than for a camel to go through the **eyelet** of a needle.
耶穌說：「富人要進入天堂比駱駝要穿過針的眼還難。」

couplet

[ˋkʌplɪt] *n.* 春節貼在門框之對聯

聯想字：■ couple [ˋkʌp!] *n.* 一對

例句：It is said that the Chinese tradition of posting **couplets** on the doorpost during the Chinese New Year's Festival was passed down by the Jewish people in memory of the Passover Festival.
據說華人在春節期間貼對聯在門框的習俗傳統，是由猶太人傳遞下來，為要紀念逾越節。

MP3

117 -ficient

-ficient ＝程度上……的

efficient
效率高的

字
尾

117

proficient

[prə`fɪʃənt] *adj.* 精通的；熟練的

記憶技巧 pro- ＝往前，程度上很好。

例句：Being **proficient** in English becomes more and more important.
精通英文變得愈來愈重要。

deficient

[dɪ`fɪʃənt] *adj.* 不足的；不充份的

記憶技巧 de- ＝往下。程度上不好，不夠的。

例句：He was laid off for being **deficient** in English.
因為英文程度不好，他被解雇。

sufficient

[sə`fɪʃənt] *adj.* 足夠的；充份的

記憶技巧 數量或數字，程度上很多的。

例句：His income is **sufficient** for his living cost.
他的收入足以他的生活的開銷。

efficient

[ɪ`fɪʃənt] *adj.* 效率高的；有能力的；能勝任的

記憶技巧 工作效率程度很高。

例句：She used to be an **efficient** secretary. 她曾是工作效率高的秘書。

-able ／ -ible = 可 …… 的；能……的

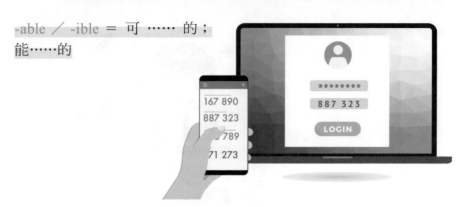

washable
[`wɑʃəb!] *adj.* 可洗的；可水洗的

聯想字：■ wash [wɑʃ] *v.* 洗

reliable
[rɪ`laɪəb!] *adj.* 可靠的

聯想字：■ rely [rɪ`laɪ] *v.* 依賴
　　　　■ rely on… = count on = depend on　依賴……

countable
[`kaʊntəb!] *adj.* 可數的
記憶技巧 countable noun　可數名詞

dependable
[dɪ`pɛndəb!] *adj.* 可信任的
記憶技巧 reliable = dependable = trustworthy

MP3

respectable

[rɪ`spɛktəbl] *adj.* 可敬的

聯想字：■ respect [rɪ`spɛkt] *v.* 尊敬
　　　　■ respectful 與 respectable 不同
　　　　甲 be respectful to 乙　甲尊敬乙
　　　　甲 be respectable　甲是值得尊敬的、可敬的

comparable

[`kɑmpərəbl] *adj.* 可比較的

聯想字：■ compare [kəm`pɛr] *v.* 比較

acceptable

[ək`sɛptəbl] *adj.* 可接受的

聯想字：■ accept [ək`sɛpt] *v.* 接受

visible

[`vɪzəbl] *adj.* 可肉眼看見的

聯想字：■ vision [`vɪʒən] *n.* 視覺；視力，vision = sight。

considerable

[kən`sɪdərəbl] *adj.* 可考慮的；相當大（多）的

聯想字：■ consider [kən`sɪdə] *v.* 考慮
片語：a considerable sum of money　一大筆錢

available

[ə`veləbl] *adj.* 可利用的；可得的；有空的

聯想字：■ avail [ə`vel] *n.* 有利；有幫助；有效

119 -sist

-sist 與 sister（姐妹）做聯想

assist

[əˋsɪst] *v.* 協助；幫忙

記憶技巧 姐妹（sist）之間互相幫忙、協助。

例句：The tutor **assists** him with the homework.
這家教協助他做家庭作業。

consist

[kənˋsɪst] *v.* 組成

記憶技巧 con- ＝一起，眾姐妹（sist）在一起，組成家庭的一份子。

片語：be composed of... 由⋯⋯組成
　　　= be made up of...
　　　= consist of...
　　　= contain
　　　= comprise

例句：Water **consists** of hydrogen and oxygen. 水包含氫和氧。

MP3

insist

[ɪnˋsɪst] *v.* 堅持

記憶技巧 in- ＝內；裡頭，表示姐姐（sist）內心裡（in）很堅持。

片語：insist on... 對……很堅持

例句：He **insists** on paying for our dinner.
他堅持請我們吃晚餐。

persist

[pəˋsɪst] *n.* 堅持

記憶技巧 此字比 insist 還要堅持，堅持到有點固執。

片語：persist in 對……很堅持

例句：The old man **persists** in his opinions. 老年人堅持己見。

resist

[rɪˋzɪst] *v.* 抵抗；反抗

記憶技巧 re- ＝回，姐妹對不好的事有所回應；姐妹打架會回手抵抗。

例句：This watch **resists** shock and water. 這只手錶防震又防水。

exist

[ɪgˋzɪst] *v.* 生存；存在

記憶技巧 ex- ＝出，x 本身含 s 的音，後面不須再有 s。
姐妹 sist，ex「出」現，表示仍存活著。

例句：Dinosaurs **existed** on the earth millions of years ago.
幾百萬年前恐龍生存在地球上。

120 -ward

-ward ＝朝向……

toward

[tə`wɔrd] *prep.* 朝……的方向　*adv.* 向……的方向

聯想字：■ward [wɔrd] *n.* 病房，toward 朝向＝ to（介）去……。
例句：He went **toward** the library.　他往圖書館的方向去。

backward

[`bækwəd] *adj.* 向後的；返回的

聯想字：■back [bæk] *adv.* 向後；在後面。
片語：backward and forward　來回地
　　　＝ to and fro ＝ up and down ＝ back and forth

forward

[`fɔrwəd] *adj.* 前方的　*adv.* 向前方地

片語：look forward to Ving ／ N　期待……；盼望……
例句：I'm looking forward to seeing you soon.　我期望快點見到你。

MP3

**wayward** [ˋwewəd] *adj.* 不定的;任性的

記憶技巧 way =路;方式,表示老是朝自己的方式去做,不願接受他人的意見;任性的。

片語:wayward child 任性的小孩

例句:A **wayward** child always worries his parents.
任性的小孩總會令父母擔心。

outward [ˋaʊtwəd] *adj. adv.* 向外的;朝外地

聯想字:■ inward [ˋɪnwəd] *adj.* 往內的 *adv.* 往內地

例句:The door opens **outward**. 這門向外開著。

upward [ˋʌpwəd] *adj.* 往上的;往上地

聯想字:■ downward [ˋdaʊnwəd] *adj.* 往下地

例句:We looked **upward** at the sky. 我們向天仰望。

wardrobe [ˋwɔrd͵rob] *n.* 衣櫥

記憶技巧 robe =長袍;禮服,表示將禮服朝向衣櫥放。

聯想字:■ wardrobe = cabinet = closet

homeward [ˋhomwəd] *adj.* 朝回家之方向

例句:Pigeons are known to have the instinct of flying **homeward**.
人們知道鴿子有飛回家的本能。

downward [ˋdaʊnwəd] *adj.* 朝下

例句:The missile went **downward** into the Pacific Ocean.
飛彈朝下飛行進入太平洋。

121 -mate

-mate ＝夫妻；結伴；配對；
伴侶（friend）

mate [met] *n.* 夫妻之一方　*v.* 使結伴；配對

片語：mating season　交配季節
例句：The migratory birds **mate** on the shore.　候鳥在海灘交配。

roommate [`rum,met] *n.* 室友

聯想字：■room [rum] *n.* 房間；空間

schoolmate [`skul,met] *n.* 同學
記憶技巧 schoolmate = school fellow

聯想字：■school [skul] *n.* 學校

classmate [`klæs,met] *n.* 同班同學
記憶技巧 在課堂上的友伴。

聯想字：■class [klæs] *n.* 班級　■classic [`klæsɪk] *adj.* 古典的

MP3

climate

['klaɪmɪt] *n.* 氣候

記憶技巧 氣候是與我們天天相伴的。

聯想字：■climb [klaɪm] *v.* 攀登；攀爬　　■climax ['klaɪmæks] *n.* 頂點；漸進法

intimate

['ɪntəmɪt] *adj.* 親密的

記憶技巧 與人相處，如伴侶般的親密。

例句：Girls easily make **intimate** friends.　女生較容易結交密友。

estimate

['ɛstə,met] *v. n.* 估價

記憶技巧 esti-mate　將數據等結合在一起。

聯想字：■esteem [ɪs'tim] *v. n.* 尊重

例句：We **estimated** the loss to be two billion dollars.
我們估計損失二十億元。

teammate

['tim,met] *n.* 隊友

例句：The basketball player shows appreciation to his **teammates** and coaches.
這位籃球球員展現他對隊友及教練的感激之意。

bedmate

['bɛd,met] *n.* 同居人

例句：The man and the woman are **bedmates** and not legally married.
這男人與女人是同居人而未合法結婚。

playmate

['ple,met] *n.* 兒時之玩伴

例句：They used to be **playmates** when they were children.
在孩提時期，他們曾經是兒時的玩伴。

122 -ism

-ism ＝主義；信仰，ism 發音像似「一人」，每「一人」當有其信仰。

communism
[`kɑmjʊ,nɪzəm] *n.* 共產主義

聯想字：■ communist [`kɑmjʊ,nɪst] *n.* 共產主義者
　　　　■ community [kə`mjunətɪ] *n.* 社區

terrorism
[`tɛrə,rɪzəm] *n.* 恐怖主義

聯想字：■ terror [`tɛrə] *n.* 恐怖；駭懼　　■ terrible [`tɛrəb!] *adj.* 可怕的；駭人的
　　　　■ terrify [`tɛrə,faɪ] *v.* 驚駭　　■ terrified [`tɛrɪfaɪd] *adj.* 恐懼的；受驚的
　　　　■ terrorist [`tɛrərɪst] *n.* 恐怖主義者

capital-ism
[`kæpət!,ɪzəm] *n.* 資本主義

聯想字：■ capital [`kæpət!] *n.* 資本；首都；大寫字母
　　　　■ capitalist [`kæpət!ɪst] *n.* 資本主義者

MP3

realism

[`rɪəl,ɪzəm] *n.* 現實主義

聯想字：■ real [`rɪəl] *adj.* 現實的；實際的
   ■ really [`rɪəlɪ] *adv.* 實際地；實在地
   ■ reality [rɪ`ælətɪ] *n.* 現實；實體
   ■ realist [`rɪəlɪst] *n.* 現實主義者

idealism

[aɪ`dɪə,lɪzəm] *n.* 理想主義

聯想字：■ ideal [aɪ`dɪəl] *adj.* 理想的；完美的 *n.* 想法；概念
   ■ idealize [aɪ`dɪəl,aɪz] *n.* 理想化
   ■ idealist [aɪ`dɪəlɪst] *n.* 理想主義

egoism

[`igo,ɪzəm] *n.* 自我主義

聯想字：■ ego [`igo] *n.* 自我    ■ egoist [`igoɪst] *n.* 自我主義者

humanism

[`hjumən,ɪzəm] *n.* 人道主義；人本主義；人文主義

聯想字：■ human [`hjumən] *adj.* 人類的
   ■ humane [hju`men] *adj.* 合乎人道的
   ■ humanist [`hjumənɪst] *n.* 人本主義者
   ■ humanity [hju`mænətɪ] *n.* 人性

123 -um

-um ＝建築物（building）

museum　博物館

museum　[mjuˋzɪəm] *n.* 博物館；展覽館，陳列館
記憶技巧　希臘神話中，女神繆思 Muse 司文藝、音樂、美術等。

例句：Have you ever visited National Palace **Museum**?
　　　你曾參訪故宮博物館嗎？

stadium　[ˋstedɪəm] *n.* 體育場；運動場；競技場
記憶技巧　stad ＝標準（stand ／ tandard），stadi-um　表示建立一個達到標準的建築物。

podium　[ˋpodɪəm] *n.* 司令台；頒獎台；演講台
記憶技巧　pod ＝腳（foot）

例句：A **podium** is where a teacher stands to give a lecture.
　　　講台是老師授課時所站之處

MP3

-tory =……地方，-ory =場地；場所。

observatory　天文台

factory
[`fæktərɪ] *n.* 工廠

manufactory
[,mænjə`fæktərɪ] *n.* 工廠；製造所
記憶技巧 manu- =雙手，fact =製造

dormitory
[`dɔrmə,torɪ] *n.* 宿舍
記憶技巧 dormitory = dorm　睡眠

聯想字：■ dormant [`dɔrmənt] *adj.* 休眠的；冬眠的

observatory
[əb`zɜvə,torɪ] *n.* 觀測所；天文台

laboratory
[`læbrə,torɪ] *n.* 實驗室

lavatory
[`lævə,torɪ] *n.* 廁所

擬聲字

擬聲字試著唸出來，就很容易記住，以下單字是擬仿其聲而造，同時為動詞（v.）亦可當名詞（n.）。

單字	音標	字義
cough	[kɔf]	n. v. 咳嗽
drum	[drʌm]	n. 鼓狀物；鼓 v. 打鼓
ring	[rɪŋ]	n. 鈴聲 v. 按鈴
crack	[kræk]	n. 裂縫 v. 使爆裂
giggle	[ˋgɪg!]	n. 傻笑 v. 咯咯地笑
sip	[sɪp]	n. 啜 v. 啜；飲
bomb	[bɑm]	n. 炸彈 v. 投彈
roar	[rɑr]	n. 吼叫；怒吼聲 v. 吼（獅、虎等）；怒吼
sigh	[saɪ]	n. 歎息；歎息聲；歎氣 v. 歎氣
knock	[nɑk]	n. 敲打；敲門 v. 敲
slam	[slæm]	n. 發出砰然聲 v. 砰然關上
pat	[pæt]	v. 輕拍聲 v. 輕拍；輕打
clap	[klæp]	n. 拍手聲 v. 拍掌
crash	[kræʃ]	n. 撞毀 v. 撞毀；撞擊
moan	[mon]	n. 呻吟聲 v. 呻吟
dump	[dʌmp]	n. 垃圾堆；垃圾場 v. 砰然落下
scratch	[skrætʃ]	n. 抓擦聲 v. 抓；搔
scrape	[skrep]	n. 刮削聲 v. 刮；削
meow	[mɪˋaʊ]	n. 喵叫聲 v. 貓叫
oink	[ɔɪnk]	n. 豬叫聲 v. 發似豬叫聲
chirp	[tʃɝp]	n. v.（小鳥）發唧啾聲

MP3

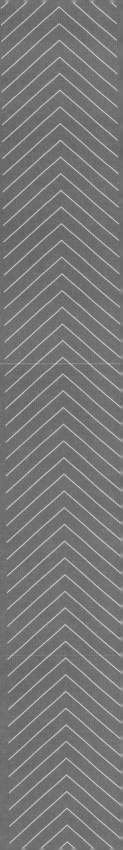

附
錄

·附錄 1·

單字拆解練習小冊

使用說明

1. 遇到較難熟記的單字,請運用本書所教的字首、字根、字尾法則,填入表格重複練習拆解、組合,幫助記憶與複習,進而學習更多單字。

2. 本表歡迎影印,或參考第 5 頁說明,至「讀者限定無料」自行下載列印。

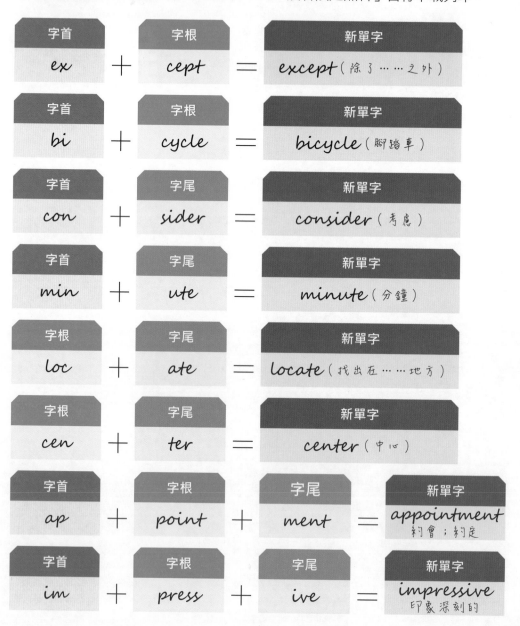

單字拆解練習小冊

字首		字根		新單字
	+		=	

字首		字根		新單字
	+		=	

字首		字尾		新單字
	+		=	

字首		字尾		新單字
	+		=	

字根		字尾		新單字
	+		=	

字根		字尾		新單字
	+		=	

字首		字根		字尾		新單字
	+		+		=	

字首		字根		字尾		新單字
	+		+		=	

字首		字根		字尾		新單字
	+		+		=	

我的 3 色單字筆記本

使用說明

1. 請準備一枝深色的筆用來記錄單字，以及標示用的紅、藍、綠色筆各一枝。
2. 本表歡迎影印，或參考第 5 頁説明，至「讀者限定無料」自行下載列印。
3. 建立自己專屬的 3 色單字筆記本，學起單字牢記熟背不會忘。

ex-	☑字首 □字根 □字尾	sign	□字首 ☑字根 □字尾
exit	n. 出口處	sign	n. 標誌；符號 v. 簽名
export	v. n. 出口；外銷	assign	v. 分派；分配
examine	v. 考試；測驗；檢查	assignment	n. 作業；分配；分派
expense	n. 消費；費用；支出	signal	n. 信號；暗號
expend	v. 消耗；花費	design	n. v. 設計
expensive	adj. 昂貴的；價錢高的	signature	n. 簽名；簽署
explode	v. 爆炸	signify	v. 意味；顯示；表示著……意義
expose	v. 曝露；曝曬	significant	adj. 重要的；重大的
exclude	v. 排除		
-en	□字首 □字根 ☑字尾	ject / jet	□字首 ☑字根 □字尾
deepen	v. 使深；加深	jet	v. 噴出 n. 噴出；射出
tighten	v. 使變緊；束緊	object	n. 客觀；物體目標 v. 反對；反抗
loosen	v. 使鬆弛	project	n. 提案；計劃；企劃 v. 投射
widen	v. 使闊；使變寬	projector	n. 放映機；幻燈機
steepen	v. 使險峻；使徒峭	reject	v. 拒絕；回絕
straighten	v. 使變直	inject	v. 注射
sharpen	v. 削尖；使尖銳	subject	n. 主旨；客觀
lengthen	v. 使加長	eject	v. 噴出；排出；彈出；驅逐
strengthen	v. 使強化	interject	v. 驚叫聲；感嘆詞

·附錄 2·

我的 3 色單字筆記本

	□字首 □字根 □字尾		□字首 □字根 □字尾

	□字首 □字根 □字尾		□字首 □字根 □字尾

加入晨星

即享『50 元 購書優惠券』

回函範例

您的姓名： 晨小星

您購買的書是： 貓戰士

性別： ●男 ○女 ○其他

生日： 1990/1/25

E-Mail： ilovebooks@morning.com.tw

電話／手機： 09××-×××-×××

聯絡地址： 台中 市 西屯 區
工業區 30 路 1 號

您喜歡：●文學／小說 ●社科／史哲 ●設計／生活雜藝 ○財經／商管
（可複選）●心理／勵志 ○宗教／命理 ○科普 ○自然 ●寵物

心得分享： 我非常欣賞主角…

本書帶給我的…

"誠摯期待與您在下一本書相遇，讓我們一起在閱讀中尋找樂趣吧！"

國家圖書館出版品預行編目（CIP）資料

英文單字 3 色記憶法／曾利娟著. -- 初版. -- 臺中
市：晨星, 2020.12
面；　公分. --（語言學習；12）
ISBN 978-986-5529-54-3（平裝）

1.英語　2.詞彙

805.12　　　　　　　　　　　109012824

語言學習 12

英文單字 3 色記憶法
拆解英文字首、字根、字尾，沒學過的字也能立刻看懂！

作者	曾利娟
編輯	余順琪
校審	吳岳州、王釧如、林家吟、曾以琳、龍欣華、曾欣婷、鄭博元
封面設計	耶麗米工作室
美術編輯	張蘊方
內頁排版	林姿秀

創辦人	陳銘民
發行所	晨星出版有限公司
	407台中市西屯區工業30路1號1樓
	TEL：04-23595820　FAX：04-23550581
	行政院新聞局局版台業字第2500號
法律顧問	陳思成律師
初版	西元2020年12月01日

總經銷	知己圖書股份有限公司
	106台北市大安區辛亥路一段30號9樓
	TEL：02-23672044／02-23672047　FAX：02-23635741
	407台中市西屯區工業30路1號1樓
	TEL：04-23595819　FAX：04-23595493
	E-mail：service@morningstar.com.tw
	網路書店 http://www.morningstar.com. tw
讀者專線	02-23672044／02-23672047
郵政劃撥	15060393（知己圖書股份有限公司）
印刷	上好印刷股份有限公司

定價 399 元
（如書籍有缺頁或破損，請寄回更換）
ISBN：978-986-5529-54-3

| 最新、最快、最實用的第一手資訊都在這裡 |